奇諾の旅
—the Beaut
XVI
時雨沢恵一
KEIICHI SIGSAWA
插畫●黑星紅白
ILLUSTRATION KOUHAKU KUROBOSHI
U0074954

「有晝夜之國」
—Counterclockwise—

歡迎來到我國，旅行者。

針對申請入境我國者，這裡有幾項事先告知的說明，請務必仔細聆聽。

在您來到這裡的途中，想必已從山嶺了解我國的狀況吧——

我國完全被蛋型屋頂覆蓋。

為了因應這個區域的嚴酷氣候，我們花了漫長的歲月，從城牆往上延伸完成的。

國內是藉由天花板內側的燈光照亮。「白晝」會映出藍天，「夜晚」會映出月亮與星星。天氣由國家自由操控，日曆上也會記載當天預定的天氣。

接下來是最重要的部分——

當蛋型屋頂外的世界是太陽高掛的白天，我國則是「夜晚」。當蛋型屋頂外是太陽西下的夜晚，我國是「白晝」。

為什麼我國的日夜要跟外面的世界相反呢——

那跟發電有關係。

我國的電力是靠天然能源產生的。在國境旁邊有水力發電廠跟覆蓋蛋型屋頂的高效能太陽能板。

但是，最需要用電的白晝，只靠太陽能發電的話並不穩定。

因此，我們白天會利用太陽能發電將湖水打上來，晚上再放出那些水進行穩定的水力發電。

再過不久太陽將下沉到西方的稜線，一旦入境的話就是「早晨」。國內終於大放光明，人們也開始活動。

我們的生活時間是從「早」到「晚」，因此在「半夜」營業的店家很少，也無法正常觀光。

說明到此結束。

請問都了解了嗎？

歡迎來到我國。

也希望你們在停留的這幾天好好玩。

太陽西下時，有旅行者造訪了那個國家。

騎著摩托車（註：兩輪的車子，尤其是指不在天空飛行的交通工具）來到這個國家的旅行者，一面看著開始呈現美麗「朝陽」的蛋型屋頂一面說話。

「現在起是『早晨』耶，奇諾。接下來該怎麼辦呢？」

「我很睏，我要睡覺哦。」

「就知道妳會這麼說。」

於是在「夜晚」到來前就睡飽的旅行者——

「那麼，接下來該怎麼辦？觀光景點也結束營業了，也無法在市區內到處逛。」

「我終於有機會做過去在其他國家完全沒做過的事情，我打算要做那件事情。」

「是嗎？那是什麼事？」

「那是——」

於是旅行者找到夜晚仍在營業的餐館。

「這就是宵夜啊……半夜吃飯很有趣吧！」

在那個國家停留的那三天，她玩得非常盡興。

「好閒！」

摩托車則是一直在飯店裡等待。

奇諾與漢密斯出境了。
那國家的城牆外側，有一條寬大的護城河。
然後那上面，有一座只能讓人們通過的窄橋。
奇諾與漢密斯度過那座橋，然後回頭往後看。
她露出些許不甘心的表情，隨即又把臉轉向前方，騎著漢密斯往前進。

序幕

「情書之國・b」—Confession・b—

當弗吉利村的人口，又多一個人的時候——

兩名旅行者與一隻狗置身在演唱會的會場。

那是這國家最有名的歌姬舉行的演唱會。

那是這國家規模最大的劇院。

演唱會不僅客滿，觀眾也都high翻天。

二人一狗是前天入境這國家的旅行者，不過——

「旅行者可免費入場。」

這是歌手自身的意思。

「好羨慕那些旅行者哦。」

「真令人羨慕……」

在國民們羨慕的目光中，他們跟其他旅行者一起受邀坐在非常好的位子。

坐在旁邊的男旅行者，一面看著舞台一面感動流淚。

而且是淚如雨下。

狗想不透他怎麼會哭得那麼厲害。

「我怎麼哭了呢……？」

似乎連他本人都不知道原因，因此狗就沒再鑽研下去了。

演唱會持續進行。

那名歌姬站在非常非常寬敞的舞台上演唱。

她美麗的臉蛋如花一般地耀眼動人。

她穿著鮮豔的服裝。

唱著活潑開朗的歌曲。

看著舞台上表演的其中一名旅行者，也就是白髮女孩，感到不解地歪著頭。

然後，對另一名旅行者提出她的疑問。

「那個人，看起來似乎很悲傷。雖然她刻意表現得很活潑開朗，但就是帶了些許哀傷。然後，她看起來似乎非常幸福。好不可思議哦，這是為什麼呢？」

另一個人則還不知道那個謎題的答案。

歌姬開始唱歌。

那首以「情書」為名的歌。

「我一直受到大家的喜愛，這首歌獻給我深愛的那個人。」

她唱著那樣的情歌。

CONTENTS

殘留在心中的——
創造我們歷史的——

淨是美好的記憶。
淨是對自己有利的記憶。

— *Sweet Memories vs. Sweet Memories.* —

奇諾の旅

the Beautiful World

XVI

第二話
「死者之國」
—Spirits of the Dead—

第一話「死者之國」

—Spirits of the Dead—

一輛摩托車（註：兩輪的車子，尤其是指不在天空飛行的交通工具）奔馳在沿海的草原上。

草原中有一條與筆直的海岸線平行的棕色道路，摩托車一面望著左手邊的海洋，一面順著那條道路往前進。

摩托車的後輪兩側裝了黑色箱子，上面的載貨架放了包包與捲成一綑的睡袋。

這一天的天氣不錯。高聳的天空依稀可見細細的絲狀雲飄浮著，除此以外是清澈地彷彿可以穿透的青空。蔚藍的天空與水藍色的海洋，讓世界看起來無限延伸。

摩托車騎士是個年輕人。

她穿的黑色夾克外面罩著棕色的長大衣，長衣襬則捲在雙腿上固定。頭上戴著帽子，眼睛戴著防風眼鏡。防風眼鏡的鬆緊帶就束在帽子的耳罩上。

「感覺好舒服哦，奇諾。」

摩托車說道，叫奇諾的人類也用力點頭回應。

「是啊，漢密斯。雖然有點冷，但天氣非常好，道路也很平坦，最重要的是——」

「是什麼？」

「能夠一直看著海騎車，這是最棒不過的事呢。」

「原來如此，以前走的路線都是內陸呢。」

「以前我一直認為，自己可能在沒機會看到海的情況下過完一生哦，漢密斯。」

奇諾感慨萬千地如此說道，叫做漢密斯的摩托車則一派輕鬆地回答：

「這個嘛，生活在這個世界的人們，大部分不都是那樣嗎？」

「的確沒錯，鮮少有人走出城牆外。我也是出來旅行後才發現這一點。」

「其實大家應該多多走出城牆看看的。看來這個世界的人們，大多傾向『窩在家裡』呢。」

「你說『這個世界』……漢密斯，你的意思是還有其他世界嗎？」

「不知道耶？還有、其他世界嗎？」

「發問的是我耶……不過算了——正如漢密斯說的，人們應該多多走出城牆，傳送情報到其他國家，或是互相交流、一起合作做些什麼……我倒還滿想看到世界進行這些理所當然的事情，看到那樣的『新世界』。」

「這個嘛，只要妳活得夠久就看得到哦，一定會的。」

漢密斯的語氣相當輕鬆。

「說得也是呢。」

奇諾一面對他用力點頭一面回答。

奇諾與漢密斯在途中休息一會兒之後，又繼續在草原奔馳。

草原與海洋所交織的景色，就算在這裡奔馳一整天以上也沒什麼改變。

然後，當太陽開始往西方的天空下沉的時候，遙遠的地平線上漸漸出現過去一直沒看到的物體，是人工物體。

那是聳立的城牆。

把國家圈起來的城牆，從遠處看起來像是渺小的四角形塊狀物。

奇諾開心地說道：

「結果比想像中還快抵達呢。」

「要不是發生那場暴風雨，害我們被迫停留在森林裡，我們應該可以早五天抵達吧？」

「畢竟人類無法贏過氣候。只能夠慶幸暴風雨是我們待在森林的時候發生，而且之後還能在這麼棒的氣候中奔馳在海岸線上。」

「嗯，事情的好壞端看個人怎麼想啦。」

「照這樣看的話，應該能在今天之內入境呢。今晚可以睡床鋪蓋白色的被單，並享用人家煮給我們吃的料理。」

「真有可能那麼順利嗎？有沒有可能被斷然拒絕入境？」

「會是什麼理由？」

「這個嘛——因為摩托車太酷了。」

「那樣的話，我半路用走的好了……」

「不會吧！其實跟摩托車沒關係！是人的問題啦！」

「我是『乖寶寶』喲。」

「哪有人自己捧自己啊？我指的不是奇諾妳，是那國家的人們有些許問題啦！」

「是嗎，什麼問題？」

「這──個嘛，他們超愛『窩在家裡』也不想外出，但也不想讓任何人進入他們的國家。」

「那就傷腦筋了。不過，漢密斯。我在前一個國家收集了相當確切的資訊哦。聽說那個國家平日靠捕魚過著悠哉的生活，大多數的人都很親切，也很熱情歡迎外來人士，是個不錯的國家。」

「什麼嘛～一點都不好玩。」

「就算你說『不好玩』我也沒辦法啊……」

「那樣的話，就沒機會看到奇諾把發動攻擊的壞蛋，一一打趴在地上的模樣了。」

「我可不希望那種事情發生哦，漢密斯。我只希望能悠哉度過入境的這三天，享用美味好吃的魚料理，稍微窺視那兒的居民過著什麼樣的生活。雖說掌中說服者絕不能離手，但我還是盡可能不想開槍。」

「因為～那會浪費子彈跟火藥。」

「那也是原因之一。」

當兩人進行無聊到爆的對話時，只見城牆慢慢接近，宛如草木逐漸成長似地愈來愈高大。

「臨接海洋的國家的確很罕見呢。」

聽到漢密斯這麼說，奇諾不禁回想起往事。
「師父也曾經那麼說哦。就防衛這點來看是有些不利，所以不難了解其理由。」
「因為『壞東西』或許會從海上登陸。」
「儘管如此仍執意在海邊生活，究竟是什麼樣的國家呢——」
奇諾開心地瞇起防風眼鏡下的眼睛。
「好了，拭目以待吧。」
然後稍微催了一下漢密斯的油門。

「——絕對不能入境哦！」
奇諾與漢密斯在城牆前聽到的，是那樣的叫聲。
從城牆前相當一段距離的位置，奇諾跟漢密斯發現情況似乎不太尋常。

首先看到的是，幾輛停在路上的卡車從遠處團團圍住城牆，以及旁邊井然有序的帳篷。國家的外圍儼然變成露營區。

再往前靠近，看到一群手持說服者的男子在附近戒備著。有人穿像軍裝的綠色服裝，也有人穿像警察制服的藏青色服裝，加起來總共有上百個人左右。

「看起來不像要對我們開槍，不過——」

奇諾還是一度停下來，確認他們的說服者不是瞄準自己之後，再慢慢騎著漢密斯往前進。

前往城牆的道路，已經用卡車封鎖起來。

兩名看起來像警官的男子，揮手示意奇諾停下來。於是奇諾放慢漢密斯的速度，在距離他們不遠前停了下來。

其中一名警官邊接近他們邊喊：

「妳是旅行者嗎？是不是打算到這個國家？不過，妳去不了的——妳絕對無法入境哦！」

奇諾與漢密斯穿過卡車之間，並被帶進其中一個帳篷裡。

當奇諾推著引擎熄火的漢密斯走進軍隊使用的大型帳篷裡，發現那裡被當做作戰司令室使用。

裡面擺了張大桌子跟這國家的地圖，還有一群男性。

夕陽西下的這個時候，帳篷裡懸掛著電燈，外頭的發電機則低聲運轉著。

在電燈底下的，是一群穿著不同制服的男子。

從制服可以分辨出哪個是軍隊的指揮官，哪個是警察的隊長。這群男子雖然有經過鍛鍊的強健體格，但每個人都愁眉苦臉的。

「呃——這裡是葬禮現場嗎？」

漢密斯一開口就說出這麼勁爆的話。

「比那還要糟呢。」

其中一名男子輕聲回答。

當奇諾與漢密斯做完自我介紹，那些男子也分別報上自己的身分。他們果然是這國家周邊的其他國家的軍人與警官們。

鄰近的四個國家同心協力，陸陸續續派士兵跟警官來這裡並將這國家團團包圍。目的是防止這國家裡面的人跑出來，還有就是不讓奇諾這樣的旅行者進入這個國家。

「可以請問你們理由是什麼嗎？」

當奇諾當面提出這個疑問，經過短暫的沉默之後，對方以沉重的語氣答覆她。

「是疾病哦，旅行者。」

「疾病、是嗎？是什麼病？」

「我知道妳對那件事很有興趣，但或許還是不要知道會比較好哦？」

「你說的或許沒錯，但還是請你告訴我吧。」

「……算妳有膽識，那我就告訴妳吧。那是『讓人死亡又復活行動』的疾病。」

「什麼？」「那是什麼啊？」

奇諾與漢密斯同時反問。

男人們開始淡淡地說明。

「就是字面上的意思哦。感染到這個疾病的人會死亡，但屍體卻又會馬上活動。因此我們稱那些感染者為『活死人』。」

「屍體真的會動哦。個個有張蒼白的臉，跟無法聚焦的白色眼睛，搖搖晃晃地走動。然後不由分說地撕咬附近的人類，被咬的人經由唾液感染，最後也會跟他們一樣發病並立即死亡，但不久又

會起身活動。」

「妳可能無法相信，這也難怪啦，我們沒親眼看到以前也不相信會有這種事。這是在五天前開始發生的，這國家好不容易逃出來的居民，臉色大變地逃到我國。他們恐慌地說祖國正蔓延著一種怪病。」

「由於這根本讓人無法相信，於是我們派了幾個人前往調查。儘管逃出來的人們拚命阻止，我們都沒聽進去……結果那些人後來都一去不回。」

「現在這個國家有如煉獄一般哦。根據昨天在城牆的觀測，確認有好幾百個『活死人』四處徘徊。這個國家的人口大約是二千人，其中在早期逃出來的是一百一十二人。目前有多少『感染者』，有多少未感染者躲藏在國內，完全沒有頭緒……」

「為了以防萬一不讓那些傢伙出來外面，目前城牆是全面封鎖的。不過，有生還者逃出來也會讓他們通過的。可是，目前還沒看到任何生還者出現。我們也用擴音器喊了很多次呢。」

「很遺憾的是，我們跟倖存者都認為已經沒有任何人能生還了。」

「我們這些周邊國代表都一致認為，有必要設法將那種疾病侷限控制在這個國家。很諷刺的是，我們這些國家原本並不和睦呢。」

截至目前為止一直靜靜聽那些男人說明的奇諾，輕輕舉起手並發言：

「原來如此，我非常了解事情的嚴重性。也感謝你們阻止我入境。既然無法入境，那我也只好離開了。」

「的確沒錯呢——」

漢密斯也表示贊同，不過那些男人的想法卻不是那樣。

「不，我們還有話想對妳說——妳叫做奇諾對吧？妳會使用步槍嗎？」

「會，我會使用。」

「那麼，可以問妳這個問題嗎？不過這個問題多少有些冒昧。」

「請說吧。」

「請問妳，敢開槍殺人嗎？——妳能毫不留情地射擊有著人類外表的物體嗎？」

隔天。

奇諾於黎明時分醒來。

奇諾一身黑色夾克打扮，腰際繫著粗皮帶。懸掛在右腰的槍套，插著名為「卡農」的左輪手槍型掌中說服者（註：Peasuader＝說服者，是槍械。在此指的是手槍）。

奇諾跟往常一樣稍微動動身子，然後享用所得「酬勞」的早餐。是軍隊食用的麵包與奶油，還有蔬菜湯。

「跟攜帶糧食比起來，這可是美味許多呢。」

「不是跟妳自己做的料理比啊？」

奇諾把早餐全吃光光。

然後，為了順利完成昨天傍晚受託的「工作」，於是開始進行應該做的準備。

首先，對方借了一挺步槍給奇諾。

那是某國家軍隊所使用，能夠做長距離狙擊的狙擊步槍。上面裝置了用強化塑膠做成的綠色槍托，以及高倍率的瞄準鏡。

每次射擊完後必須手動上膛。也就是說，每打一發子彈就必須反覆操作槍栓。可拆式彈匣裝有十發彈藥，子彈是大型的點三三八口徑。

在直徑不到一公里的這個國家，若要從城牆瞄準國家中央射擊，就需要有這種威力的說服者。

「那個旅行者年紀那麼小，真的有辦法開槍嗎？」

「儘管狙擊手不夠，也沒必要找那種小鬼吧！」

「還讓她使用貴重的大口徑步槍……」

士兵跟警官原本嚴厲又充滿懷疑的眼神，在奇諾試開五槍後就轉變成羨慕與驚嘆。

奇諾跟著其他人爬上城牆。

她綁上安全繩，小心翼翼地爬上城牆外側臨時搭起的長鐵梯。然後利用滑輪往上拉，接收長步槍、堅固的三腳架及大量彈藥。

日出的時間到來。

太陽從東方的地平線升起，開始把世界照得大放光明。令人感到舒暢的藍天，夾雜著海洋無限延伸。海風也吹得很舒服，可以說是超棒的好天氣。

站在城牆上的奇諾環顧四周壯麗的大自然，從高處所見的水平線與地平線，證明這世界的確是圓的。海洋在途中變色，還包括天空的顏色，因此存在著三種藍色。

「好美的地方。」

念念有詞的奇諾把視線又移回城牆。到處都是直徑約一公尺的灰色圓形物，然後狙擊手與負責支援的觀測手都就定位。

狙擊手共有二十人，加上支援的主要人員，總共有五十人左右。而全體狙擊手瞄準的地方，是國內。

奇諾以輕鬆的姿勢把腳往前伸，然後坐下來。她取出棉花撚成的耳塞，再塞進兩耳裡。接下來，輕輕舉起擺在三腳架上的步槍。填充彈匣、反覆推動滑套。把第一發子彈送進膛室。

在她旁邊有個看起來約四十幾歲的警官，則是透過架在三腳架上的望遠鏡窺視前方。

這位警官被分配當奇諾的觀測手。

聲稱平常在鄰國負責國內監視事務的他，說早就習慣望遠鏡的用法，結果就靠這麼簡單的理由，被選為擔任沒體驗過的觀測手。從他平和的表情，看得出內心有多糾葛。

奇諾透過瞄準鏡窺視國內的狀況，她用慣用的右眼看鏡頭，左眼並沒有閉上。

城牆裡是用石頭砌成的城鎮，有寬敞的馬路，附有屋頂的平房以等間隔排列，中間還有巷弄。還看得見構造完整的房屋與道路、有漁船浮在海面的漁港等等，但就是沒看到任何會動的東西。呈現在眼前的，是到處寧靜的晨間模樣。

不久，從國家境外傳來擴音器播放類似什麼祈禱詞的話語，雖然不曉得是什麼宗教，持續幾十秒以後就停了。

「那是逃出來的人們念的祈禱詞。也是開始作戰的暗號。妳真的行嗎？妳有辦法開槍……射擊人嗎？」

在奇諾旁邊的警官問道，而且這問題還特別強調「射擊人」這句話。

「如果在射程內的話。」

奇諾回答得很乾脆。

當太陽的位置更高，陽光照進國內，那就像是什麼暗號似地，原本沉睡的城鎮開始動了起來。

從大門打開的各戶人家，慢慢有人影走出來。

人影彷彿事前說好似地，一起慢慢增加。

那些人影，全都毫無例外地有著蒼白的肌膚，還有白濁的眼睛。

雙手則完全往下垂，頭部的位置也不一致。那模樣就好像除了腳以外，絲線全都斷掉的傀儡。

用望遠鏡窺視的警官對奇諾說話。

「看到了嗎？那些就是『活死人』。他們像那樣到處徘徊，彷彿在享受日光浴。」

「原來如此。」

奇諾透過瞄準鏡窺視其中一具「活死人」。他是大約二十歲的年輕人，裸著上半身。可能是漁民吧，有著一副魁梧的身材。

他的身體雖然是全白的，但皮膚中帶有些細小的綠色斑點，因此從遠處看起來，皮膚彷彿是淺綠色的。

他頂著一頭亂髮，還沾有凝固的血液。眼睛白到看不見瞳孔，嘴巴呈半開狀，還流著口水，露出彷彿在作夢似的恍惚表情。

「『變成那樣的話就沒救了，因為已經死掉了，只能夠擊殺他們』——就是這麼回事。」

「『死人』，都死了嗎？」

「正如剛剛說明的——『只要把頭轟掉，就會完全停止行動』。那是經過多人實證的唯一可行方法。」

「原來如此。」

「可是……」

說話含糊的警官開始吐露他的想法。

「這麼做……真的好嗎？像這樣，有如驅蟲般地射殺他們，真的好嗎？搞不好他們只是感染到嚴重的熱病，只是看起來像死掉，事實上並沒有『死掉』呢？既然知道有某些程度的危險性，何不先抓幾個人治療看看呢……？」

「很遺憾，我也不知道。而且——或許已經太遲了。」

就在奇諾回答完沒多久，有人開了第一槍。

低沉的槍聲在城牆內迴響之後就消失了。

警官一面用望遠鏡窺視，一面用夾雜興奮的語氣說：

「是位於中央的公園噴水池旁邊！」

「了解。」

奇諾把瞄準鏡，也就是步槍瞄準目標。

國家中央有一處開放式的公園，還豎立吊著大鐘的尖塔。然後有個大型的圓形噴水池環繞在四周。

那兒的石板地上，有幾十具蠕動的「活死人」，在那之中躺了一具鼻子以上的臉頰都不見的「活死人」。

某人開的第一槍，完美地命中其眉間。在倒地的遺體旁邊，飛濺的血液與腦漿不僅把石板地染紅，也慢慢往外蔓延開來。

不久，包括奇諾在內的全體人員還沒透過鏡頭窺視，就已經發生那個狀況。

就是其他「活死人」，正慢慢接近腦袋被轟飛的那具「活死人」。

「他們想做什麼？照顧他嗎？還是埋了他？——難不成那些傢伙還有意識？既然這樣，這項作戰是否該中止呢？」

「不曉得。」

就在奇諾回答警官問題的同時，他們一起蹲下來了。

其他「活死人」正把嘴巴伸向倒地的那具「活死人」。

然後開始啃食。

他們只用嘴巴咬住、咬斷，然後咀嚼。

然後把衣服跟著皮膚一起撕裂，然後頭埋進他的肚子裡，把內臟拉出來啃食。甚至於把嘴巴湊到石板地，準備舔拭散落在那兒的腦漿。

「唔……」

透過望遠鏡看到那幅景象的警官，發出作嘔的聲音。

倒地的那一具被撕得四分五裂，「活死人」的用餐時間持續了幾十秒鐘。

不久爬起來的他們，再度步履蹣跚地四處分散。

留在現場的，只有一灘染得鮮紅的血漬。

然後，「活死人」們——

一起遭到槍擊。

響起的槍聲有如激烈的打鼓表演，充滿怨恨的子彈，化成超越音速的暴風雨襲擊他們。

射擊出去的子彈，精準地一一命中他們的頭部。

無論是因為剛才的啃食把臉染得鮮紅的「活死人」，或者是臉沒染紅的，頭部都被轟飛，當場增加了許多朵血紅般的花朵。

這時候的漢密斯，以腳架孤伶伶地立在奇諾搭建的帳篷旁的草原。
聽著悶悶的槍聲——
「喔——開打了，開打了。」
漢密斯在城牆外自言自語。

奇諾斜眼看著身旁宛如變成「活死人」而蒼白著臉的警官。
「你沒事吧？」
原則上還是關心他一下，但對方卻回瞪奇諾一眼。
「我沒事……沒事！倒是——」
「倒是什麼？」
「妳還愣著做什麼？還不快點開槍！把那些傢伙全部殺掉！從旁邊開始射擊！把他們幹掉！」

「死者之國」
—Spirits of the Dead—

連報告我方與目標距離的觀測手任務都完全做不到的警官，反而對奇諾破口大罵。

「知道了。那麼，我從能射擊的地方開始。」

奇諾透過瞄準鏡窺視，首先對準近在眼前的一具「活死人」，大概是五歲的男孩——鎖定好目標後便用力扣下扳機。

到了午餐時間，奇諾把步槍留在城牆，然後順著梯子下來。

「我回來了，漢密斯。」

「妳回來啦，奇諾。」

而上午執行狙擊任務的其他士兵跟警官，也為了休息跟吃午餐而跟著下來，不過他們各個愁眉苦臉的，也沒說話。

沒能看到內部狀況的伙伴，向回來的他們詢問各種問題，但他們只是默默搖頭不發一語，並直接走進作戰司令室的帳篷進行報告。

將報告的事情交給觀測手的奇諾，看起來既不開心也不難過。只是表情有些疲憊地坐在漢密斯旁邊，開始自行燒開水泡茶。

「很豪邁的『掃除工作』呢，奇諾。」

「是啊，結果就是拚命射擊哦。加上這是後座力強的說服者，肩膀還有點痛呢。還有，右眼跟右手食指也好痠哦。」

「這跟師父的訓練比起來，妳覺得哪個比較辛苦？」

漢密斯問道。

「師父的訓練。」

奇諾立即回答。

「因為只有我方開槍射擊，對方毫無反擊。」

「我就知道妳會這麼說，因為師父會毫不留情地開槍呢。若不是橡膠子彈，奇諾早就死好幾百次了呢。」

「光是回想就好痛……」

「那麼，裡面的狀況怎麼樣？」

「這個嘛，的確如他們所說的。所以，就從看得到的地方射倒他們。所有人加起來應該有擊倒五百具『活死人』吧。而且，還發生令人意外的事情。」

「咦？什麼事情？——難不成是倒地的『活死人』，被四周撲上前的伙伴吃掉了？」

「什麼嘛，已經有人告訴你了嗎？」

「…………」

「漢密斯？」

「沒事，妳辛苦了。」

「漢密斯居然會有沉默不語的時候，好難得哦。明天天空會下標槍哦。」

「妳講這什麼話啊！」

「我也是聽某個士兵說的，不過——」

「嗯？」

「聽說這個『疾病』蔓延以前，『患者』並沒有像現在這麼多。大概是二十個人，而且全被收容在醫院裡。為了不嚇到其他還活著的人，聽說他們都被確實關起來。」

漢密斯詢問奇諾：

「這樣的話，應該只有那二十個人變成『活死人』不是嗎？因為隔離政策產生作用了啊，到底

後來發生了什麼事？」
「那是因為，聽說有個年輕醫生的戀人變成『活死人』。而趕到醫院的他——」
「難不成，他把『活死人』放出來了？不是照顧他們？因為他們不會痊癒？」
「沒錯，正如你所想的。他看到變成『活死人』的戀人，說『她還活著！而且，這不是病！』，然後就把患者全放走了。當然他也被咬並遭到感染，結果就這樣一下子蔓延開了……」
這時候漢密斯詢問輕輕搖頭的奇諾。
「下午還要射擊嗎？」
奇諾回答他：
「到結束以前都維持現狀哦。」
「什麼時候結束？」
「不知道。」

這天下午。

再次登上城牆的奇諾，以及其他狙擊手們，只要看到「活死人」就開槍。

被擊中的都倒下，而其他「活死人」果真就往那裡聚集並開始吃掉中槍的「活死人」，當然又一一被擊中。那些「活死人」並沒有選擇躲起來或逃跑以保住自己的命。

隨著時間慢慢流逝，「活死人」的人數顯著減少了。

包括奇諾在內的狙擊手，從容不迫地像機器般制式地持續射擊。白天過了一半之後，「活死人」的數量減少，同時出現在瞄準位置的狀況也變少了。

當效率下降的時候，今天的作戰還沒等太陽下山就中止了。經過確認「遭到破壞的頭部數量」，大約不到一千五百顆。剩下的，不知道是生還者還是「活死人」，大約三百左右。

當中止射擊命令的信號彈發射出來，奇諾在最後把一名年約三十歲的女「活死人」的頭部，連同長髮一起轟掉。

然後——

「狙擊手——停止射擊。」

全體人員沒有再填充新子彈，首先把彈匣往下抽出來，然後慢慢推開滑套，當碩大的空彈殼落下的時候，不曉得是誰對尖塔上那個鐘開槍。

大鐘響起低沉又簡短的聲音。

接著有幾個人跟著仿傚，裝填的最後一發子彈，對準大鐘擊發。

迴響不斷重疊——

在血肉橫飛的這個國家，那鐘聲宛如喪鐘般地往外傳。

隔天。

這一天的雲量從早上就很多，天空呈現陰晴不定的狀況。

包括奇諾在內的幾個人，從早上就在城牆上就定位執行狙擊的任務。

所剩不多的「活死人」出現在大街上的機會大大減少，槍聲也明顯變少了。上午的「成果」，總共加起來有五十多具。這表示還剩下二百五十具以上。

在接近中午，天空被雲層遮住的時候。

被叫進作戰司令室的奇諾，聽取接下來的作戰計劃。

在外頭徘徊的「活死人」已經變少。上頭判斷利用狙擊的方式進行掃蕩，效果並不彰。因此擬定了新的作戰計劃。

也就是說，組織少數隊伍進入國內，然後一戶一戶地搜索。

為了把潛藏在裡面的「活死人」全部殲滅，除此之外別無他法。而且，也可能救出躲起來的生還者。

「我們將編列少數的精銳潛入隊，四個人成一隊。然後，奇諾——」

「是的。」

「以現階段來說，妳具有足夠的實力、力氣、體力作戰。雖然妳大可以拒絕，但可以的話我們希望妳能參與。」

「結果妳就答應啦。妳還真好事耶，奇諾。」

漢密斯用一副被奇諾打敗的語氣，對在帳篷前面準備出擊的她這麼說。

奇諾在繫在黑色夾克腰部位置的皮帶上，以及左腿的位置，多加了幾個小包包。

那些小包包也是借來的裝備之一，裡面則塞滿了12 Gauge的散彈。

散彈是九發鉛彈一次擊出的00號鹿彈，以及擊出一發大型子彈的強力金屬彈所組合而成。借用的說服者，是壓動式槍機（另一種說法是滑動槍機）的散彈說服者。槍管下方有圓筒狀的彈匣，裡面填充了六發子彈。

以說服者來說算是很罕見，金屬部分還閃著暗銀色，有做過防鏽處理，是用一種叫鉻不鏽鋼的材質製成的，很適合海洋國家使用。

槍管右側則裝有小型但光線超亮的手電筒，用來在室內能照人，或者照除此之外的事物。

奇諾「唰喀」地操作滑套，確認它動作毫無問題以後，最後再把「卡農」準備好。

這時候漢密斯對嚴肅進行出擊準備的奇諾說：

「啊，我知道了！」

「嗯，知道什麼？」

「妳之所以幫他們幫得這麼徹底，理由並不是奇諾只想要食品跟燃料這些報酬。妳希望這三天都跟那個國家扯上關係，有可能的話希望能進去親眼看看那裡面是什麼狀況，那到底是一個什麼樣

的國家。」
「是啊，反正我們都來了。」
奇諾一面確認「卡農」的備用彈匣是否放進小包包裡，一面回答漢密斯。

在陰陰的天空下，首支潛入隊的四名成員在城牆前方列隊。
全體都拿著散彈說服者，並且裝備自己所能攜帶的散彈，以及備用的掌中說服者。
那四個人裡面，其中一個是奇諾。她背著裝有噴漆的小後背包。
剩下的三個人——
「放心，只要我們在一起就沒問題。那些傢伙的速度又不快，總之不要慌不要忙，冷靜地面對吧。」
首先，這支潛入隊的隊長是年約四十幾歲又高大的軍官。有著一身健壯肌肉的他，負責背備用散彈、水及糧食。
「不知道會不會發特別津貼啊？真是的，居然挑非上班時間執行勤務。」
接著是看起來像絲線那麼瘦且眼神銳利，年約三十幾歲的警官。他負責背無線電。
「終於有機會大幹一場了！就算沒辦法狙擊，只要有散彈槍就看我怎麼表現吧！」

最後是活潑，體能似乎也很好，年約二十幾歲的士兵。他負責背備用散彈。

他們的年齡及出身地都不一樣，算是各有特色的四個人。

他們一面看著地圖，一面開始進行最後一次的討論。

這時候的漢密斯，從遠處觀察他們的狀況。

「總之，只要一切順利就好。就算不行也只有四個人，損害能降到最低限度。然後，就是思考其他作戰方式囉。」

漢密斯刻意把自言自語講得旁人都聽得見。

「好無情的傢伙哦，那個旅行者不是你的伙伴嗎？」

從昨天只做搬運工作的士兵，在從旁邊經過的時候對漢密斯這麼說。

「喔，你可以跟我說話嗎？上頭不是禁止你們跟摩托車對話？」

漢密斯反問他，仍然背著大型物品的士兵刻意避開漢密斯的視線，並露出尷尬的表情。

「…………你怎麼知道？」
士兵站在距離漢密斯不遠的地方，邊掩飾雙方正在對話的樣子邊回答他。
「因為，前天開始就沒半個人跟我說話。我當然會發現到囉。啊啊～好無聊哦。」
「是隊長他們認為不要接收多餘的情報，才做出那樣的判斷。畢竟摩托車跟人類的想法與所得的知識並不一樣，也就是說，他們只相信人類而已。」
「咦，那些隊長還真有自知之明呢。只不過他們的命令，似乎沒有滲透到最底層的士兵呢。」
「想不到摩托車也會吐槽啊，以前我都不知道呢。」
「我也會說真話哦？想聽嗎？」
「不用了——不過，你還是關心一下自己的伙伴吧。」
當士兵不客氣地丟下這句話離開的時候——
「她從來沒有走不出來的國家哦，我幹嘛要擔心？」
漢密斯沒好氣地反問。
「…………」
士兵立刻明白他的意思。他背對著漢密斯，發自內心地回答：
「什麼善加利用那個『疾病』，創造『不死士兵』攻打鄰國？開什麼玩笑啊，我才不要咧！之前跟我國還是敵對關係的其他國家……也表示相同的意見呢。」

「天哪。」

「與其變成那種『怪物』，我倒寧願參與『普通的戰爭』。在這令人作嘔的世界，也是有死了還比較幸福的事情呢。當然啦，最好是不要發生戰爭。我走了。」

為了把背在身上的物品送到他國部隊的帳篷，於是士兵離開了。

這是城牆設置的緊急用通道，每個人好不容易穿過裡面的小洞穴，然後以軍官、警官、奇諾、士兵的順序進入國內。

穿過又暗又長的隧道之後，奇諾從地面的高處觀望國內的景色。

「好美哦。」

用石頭砌成的城鎮，有著幾何學的美。旁邊有房屋櫛比鱗次的道路，筆直延伸通往這個國家的

中央。
「妳還悠哉地講那些做什麼。好了，準備行動了！」
後面的士兵催促著奇諾，並把手上的散彈說服者的保險拉開。

四個人開始一戶一戶地搜索。
在道路的時候，位於城牆的狙擊手會幫忙支援，但進入室內就得靠自己跟自己的說服者了。
四個人對四周保持高度警戒地站在微開的大門前——
「我們是鄰國的人！我們來救你們了！裡面有生還者嗎！有的話請出來！」
打頭陣的軍官在屋子裡大喊。
然後等待幾十秒鐘，不過沒有回應。
「幹得好，完全照程序進行。」
在軍官的指示下，四個人打開槍管旁邊的燈光。
「衝進去。」
然後動作流暢地進入室內。軍官打頭陣，然後警官、士兵、奇諾跟在後面。
為了方便一有任何風吹草動就能夠馬上開槍，因此四個人都把說服者舉到肩膀的位置。而且稍

微蹲低身體，在穩住上半身的情況下，順利地迅速移動。

在構造不算複雜的屋子裡，他們像在打掃似地一個房間、一個房間搜索。

「清除完畢！」

軍官的聲音表示第一間房子搜索完畢，裡面既沒有生還者也沒有死者。

四個人走到外面，奇諾則拿起噴漆在門上噴「╳」的標記，表示已經搜索完畢。

接下來跟前面一樣，開始調查第二棟房屋。裡面沒半個人。

第三棟、第四棟、第五棟。四個人依序進入屋內，再走出來。

然後——第七棟。

「遇到敵人！」

走進寬敞的客廳，軍官馬上敏銳地發出通知，並且迅速閃到左邊。為的是幫後面的成員打開射擊線，警官、奇諾與士兵也跟著那麼做。

出現在眼前的，是「活死人」們。

在寬敞的客廳另一側，通往隔壁房間的房門前，有一對年約四十歲的男女，以及看起來大概十五歲的男孩。

三具「活死人」看到這群突然闖進來的活人，剎那間不知道該如何是好。

但只是一瞬間而已。

他們馬上用白濁的眼睛看向軍官他們，並張開大口。被血液染黑，嘴裡還殘留腐爛死肉的嘴巴，被四個燈光照亮。

當三具「活死人」往前踏出一步的時候——

「哇啊啊啊！去死吧吧吧！」

士兵大叫，四個人槍口一致地打中他們的頭部，身體一下子也變短了。頭部以上被轟得無影無蹤。

「停止！」

這時候傳來軍官的指示，與散彈彈殼彈出的聲音。然後是彈殼落地的輕脆聲音，與人體倒地的沉重聲音。

在剎那間變得非常吵雜，但剎那間又變得安靜無聲的室內——

傳來碰觸液體的「啪嚓、啪嚓、啪嚓」聲。

「什麼？」

警官眼神銳利地環顧室內，最後慢慢蹲下來，然後發現到聲音的來源。

「原來是這個啊……」

站起來的警官，用手指指示「每個人蹲下來看」，軍官跟奇諾依序照警官說的那麼做並親眼確認。

蹲下來的士兵最後看到的是——

「…………」

啪嚓、啪嚓、啪嚓。

有一群「嬰兒」，緊咬住三具倒地的「活死人」脖子。

雖然不知道他們是否來自隔壁的房間，或者一開始就在他們腳邊，但還沒學會走路的嬰兒——

也就是「活死人」有五具，正爬向倒地的三具「活死人」。

然後，專心地舔那三具冒出來的血。

啪嚓、啪嚓。

「唔……哇啊啊啊啊！」

士兵開槍了。蹲下的他們不斷開槍與推動滑套，拚命地射擊。

一次幾乎挨了所有散彈的嬰兒身體支離破碎，真的被轟飛。而客廳有一大半，被飛散的血肉噴濺出全新的圖案。

其中一具「活死人」嬰兒，下半身挨了散彈，結果只剩上半身。還有被爆炸的衝擊力道彈得高高的，並掉在地上變成一灘爛泥的那個——

滋哩、滋哩、滋哩。

儘管如此還想要喝血的關係，他用嬌小的兩隻手臂開始爬行。

「唔……」

剎那間說不出話的士兵，慢慢地瞄準目標，然後擊中他的頭部。

「呼……呼……」

把說服者的彈匣清空的士兵，搖搖晃晃地站起來。對著圍在失控中的自己四周警戒的三個人，邊露出犬齒邊大喊：

「大家在做什麼！快開槍啊！」

「別激動，冷靜一點。你剛剛的射擊，我判斷已經綽綽有餘了。」

警官邊在彈匣充填散彈，邊用冷靜的語氣說話。

「好了，我們往下一個地點移動吧！把看到的頭全部轟掉！」

正當所有人離開這個瀰漫著血腥味的房子時——

「喂，妳幫我看好那個年輕人。」

軍官在奇諾耳邊輕輕這麼說。

於是——

包括奇諾在內的四個人走進房子裡，若沒半個人或「什麼」也沒有就直接離開，有的話就盡可能射擊完後再離開。
他們在好幾棟房子進行這項作業，像單純作業似地不斷重覆。
「活死人」們一被奇諾他們發現，就為了咬他們而慢慢逼近。
但是還沒達成目的，頭部就被四個人準確轟爆。
調查完將近三十棟的房屋，這時候風突然變強，天空的雲朵隨著飄走，太陽也探出臉來。
「擊倒五十七具『活死人』，戰果十分輝煌，我們先回去一趟吧。」
在距離城牆相當遠的大馬路十字路口，軍官如此說道。警官確認散彈的數量，還剩三分之二。
「那非常充足呢！我還可以戰鬥！大家應該還沒累垮吧？」
士兵提出反對的意見。
「我知道，所以才要先回去一趟。」
警官以平靜的語氣回應他。奇諾則是回答「了解」。
「………好了，就這麼決定了。我知道你還沒盡興！」
正當士兵了解之後，將彈匣填充完散彈的時候。
「警戒！——這有點不太妙呢。」
軍官爆出嚴厲的聲音。包括士兵在內的所有人，已經明白那個理由了。

剛才原本空無一人的大馬路，慢慢有「活死人」出現，而且數量不斷增加。東西南北，四面八方的道路都出現了，連通往城牆的回家路也擠滿「活死人」。

雖然跟四個人距離還相當遠，但那些「活死人」當然是朝他們來的。慢慢地，而且很具體。

「那些傢伙跟太陽同時出現。請求狙擊的支援。在南側的狙擊手往北側射擊，北側的往南側射擊。為了防止沒命中的時候會往我們這邊跳彈，因此越過我們頭上狙擊。順便把在其他角度的狙擊手也叫來。」

『了解，我們會盡最大力量支援你們。』

無線電通話完畢後，隨即從城牆傳來槍聲。銳利的衝擊波一面爆發，子彈一面從奇諾他們的頭上越過。

不過，跟那個狙擊行動轟掉的腦袋數目比起來，從房子裡出來的人數反而比較多。

「什麼，那些傢伙是早就會合了嗎！而且好死不死還成群結隊！」

士兵如此說道。

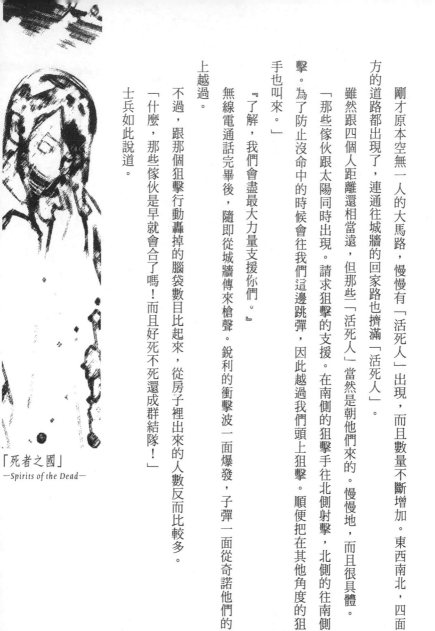

「他們是不是終於發飆了？也難怪啦，畢竟伙伴短少相當多呢。」

警官挖苦地說道。

「……………」

奇諾則不發一語地從軍官的背包裡，抓了一把備用散彈。但因為身上的小包包都塞滿了，便開始往自己的夾克或褲子的口袋塞。

然後，像是分糖果似地，也將一把抓起來的散彈，分給其餘的三個人。

「判斷很正確。」

軍官笑咪咪地接下散彈，把自己的口袋塞得鼓鼓的。

不過在分發散彈的時候，「活死人」的數量變多了，足足超過一百人，而且持續在增加。

「大家怎麼還悠哉地分發散彈！我們一面攻擊那些傢伙，一面盡快趕回城牆啊！只希望這條路還能走！」

士兵正準備往前衝——

「不可以。」

「不行。」

奇諾與警官如此回答。軍官也說：

「他們兩人說得沒錯，我們要在馬路上發動防衛戰。」

現在，四條馬路分別有幾十具「活死人」成群結隊地靠近。雖然靠狙擊稍微減少一些，但密度已經高到連馬路的另一頭都看不見。

「你認為光靠我們四個人，就能輕鬆擺脫那個集團嗎？要是在擊倒他們的時候，其他三支集團從後面包抄過來，那該怎麼辦？我們要是被包夾，連狙擊的支援都沒用，應該要避免那種僵局發生才對。」

「那不然，你打算怎麼做？」

「很簡單，就是一個人守一個方向。要使用散彈的話，目前距離還很遠。正因為如此我們才有勝算，屆時全體聽我的命令前進。我們主動接近他們到散彈的有效射程內，再精準地一具一具幹掉。我們要配合對方逼近的步調，再一面慢慢撤退一面射擊。作戰計劃報告完畢。」

「子、子彈夠嗎？」

「剛才你不是說『非常充足』嗎？只要不亂開槍，應該有辦法撐過去的。大家要冷靜以對。只要有人被單方面攻垮，那我們四個人就完蛋了。別擔心，就當做是在玩射擊遊戲，毫不顧慮地發飆吧。大家應該覺得不夠盡興吧？」

「…………」

士兵的臉色蒼白，豆大的汗水還從他的臉頰滑下來。

「雖然我們有著不同的身世，但現在儼然是命運共同體！背後就包在我身上吧！各位，等我們順利完成任務再好好喝一杯吧！」

對於軍官這些豪邁的言詞——

「當然可以，不過由你這個提議的人請客哦。而且，我只喝昂貴的酒。」

警官頭一次露出笑容。

「我不喝酒，但可以用甜食代替。」

奇諾淡淡地回應。

「…………」

士兵則一句話也沒說。

「前進！」

四個人隨著指令往前邁步。

面對朝著自己逼近的「活死人」們。

「師父，我接的這個工作相當不簡單哦。」

奇諾一面念念有詞，一面加快移動的腳步。

散彈的射程很短，面對要咬死自己，試圖讓自己變成伙伴的幾十名對手，奇諾以小跑步的方式接近，然後突然停下來。

那是近到看得見對方耳朵形狀的距離。

「呼！」

奇諾短短嘆了口氣，然後瞄準打頭陣的「活死人」——一個六十幾歲的男性老人頭部。

然後，在他後面有個四十幾歲的女性，頭部彷彿跟老人重疊似的，儘管瞄準的目標有些偏離，但奇諾還是開槍了。

九發鉛彈之中，五發擊碎了老人的頭部。四發削掉女性的頭部。兩具「活死人」，分別往左右倒下。

奇諾反覆操作滑套，讓空彈殼彈出來，然後填充下一發散彈。再轉向瞄準接下來的「兩人」。

狙擊的子彈發出叫聲從頭上通過，擊碎在群體後方的「活死人」頭部。

「不過，跟在妳那兒的訓練比起來，這可是要好得多呢。」

奇諾開槍射擊。然後把散彈裝進彈匣。

奇諾不斷射擊、射擊、射擊，然後填充散彈。她不斷射擊、射擊、射擊，然後填充散彈。她不斷射擊、射擊、射擊，然後填充散彈。不斷射擊、射擊、射擊，然後稍微往後退。她不斷射擊、射擊，然後填充散彈。她不斷射擊、射擊，然後填充散彈。她往後退了幾步，然後不斷射擊、射擊、射擊、射擊。然後一面填充散彈，一面往後面退二步再射擊、射擊、射擊。

眼前的「標的」，數量似乎明顯減少。

原本是銀色的說服者前端，都被硝煙燻黑了。

而說服者過熱的槍管，槍口因為出現熱氣而看不清楚前方。

奇諾不再瞄準「標的」。

踩著倒地的伙伴身體，有時候還會跌倒的「活死人」們慢慢接近，奇諾像是要跟他們打招呼似地快步走上前，在幾乎聽得見呢喃聲的距離，夾著腋下的說服者開槍射擊。

如果是這麼短的距離，根本就不需瞄準。從下顎挨散彈的傢伙，在失去腦袋以後一面往後倒。

從城牆發動支援射擊的狙擊手與觀測手，清楚看見四個人壓制那些群體的模樣。

有一個嬌小的人影，成功阻止宛如在地面滑行且逐漸逼近的黑色群體。

其中一名觀測手一面透過圓形的望遠鏡觀望那個景象——

「簡直像魔法一般……」

一面喃喃說道。

另一名觀測手，則是從不同角度觀望那個景象。

「單方面遭到壓制哦，是誰守的方位啊。」

雖然他如此喃喃自語，可惜沒有人能回答他。

唯一知道那個答案的，是奇諾。

一面注意後方一面射擊的奇諾，遠遠看見在自己正後方的伙伴，正陷入苦戰中。

而這個時候，奇諾幾乎把所有的「活死人」都擊倒。原本那麼一大群，現在只剩下五具左右。

奇諾用力揮動左手，指著剩下的五具「活死人」。城牆的狙擊手了解她的意思之後，精準地擊出子彈。

奇諾確認過二具倒下的「活死人」之後——

「交給你們囉。」

她馬上轉身，從槍林彈雨的下方全速往前跑。

她跑回剛剛來的路線，跑過十字路口並確認左右兩邊，然後看到左右兩個人這十二分鐘殲滅「活死人」一群的模樣，分別只剩下幾具「活死人」。

然後她往前看。

發現有個人正在苦戰，狂亂中的他瘋狂掃射。

是那個士兵。

「唔喔喔喔！不要過來啊啊啊啊啊！」

士兵邊喊邊擊出的散彈，打中的並不是臉部，而是手臂。

還剩二十具的「活死人」群，用純白的眼睛看著那名年輕人。

「別過來！別過來！別過來！」

士兵不斷推動滑套，裝填散彈，然後瞄準——

卡嘰。

「咿——」

一個清脆的聲音發出。

士兵沒發現到彈匣早已經空了。

「咿！咿！咿！」

他一次又一次地推動滑套。

子彈當然沒出來，然而士兵也沒發現究竟為什麼。

而那個時候，「活死人」們仍一步又一步地接近。

「為什麼！為什麼子彈沒出來！」

碰巧走在最前方的一具「活死人」，逐漸靠近邊哭邊對說服者大喊的士兵——那具「活死人」跟士兵同年，活著的時候一定是個美女的她，輕輕伸出手。

然後——

「子彈沒出來！沒出來啊！」

撫摸視野已經被淚水模糊了的士兵雙頰。

「啊……」

空無子彈的說服者，從士兵的手落到地上，並發出悶悶的金屬聲。「活死人」的手並沒有縮回去，士兵望著眼前那雙白色的眼睛。

「…………」

他已經不再哭了。

「啊啊……」

只是瞪大眼睛，露出幸福的笑容，並開口說話。

「原來如此……原來如此……啊啊……」

聽到他聲音的女性，慢慢張開嘴巴。

被某具屍體的肉染黑的嘴巴，像是要親吻士兵似地逐漸接近他的嘴唇——

嘎嘰。

牙齒在半空中發出互咬的聲響。

士兵的臉已經不在原先的位置，而是在稍微後面的位置。

因為奇諾從後面抓住士兵的脖子用力拉，士兵整個人直接往後倒。

然後奇諾擊出的散彈，穿過他臉部上方的空間……也就是穿過「活死人」雙手之間。

奇諾只用右手射擊。

把女性的頭部轟到完全不見的奇諾，從右邊看到另一具「活死人」正朝著自己伸出雙手，於是立刻轉移說服者的方向，用槍托底部朝他的臉部打下去。

然後用右手拔出「卡農」，看也不看地往被打斷的牙齒飛出來還往後仰的那個傢伙開槍。

在超近距離挨了四四口徑鉛彈的頭部，不僅濺了一地的血糊還整個炸開。

奇諾隨即把「卡農」彈匣裡剩餘的五發子彈，以一秒一發的步調擊出四發。她用大姆指卡嘰地扳開擊鐵，再用食指扣下扳機。

每開一槍就倒下一具「活死人」。

就這樣，附近的「活死人」全都倒地不起。

「哇！哇！哇！哇！」

然後奇諾走向一面慘叫，一面在地上扭動身軀的年輕人。

「抱歉了。」

「耶喔！…………」

她用相當強勁的腳力，往他的腹部踢下去，士兵很快就安靜下來。

奇諾搶下裝在士兵身上的小包包及口袋裡的散彈，然後以熟練的手法填充進說服者。

「還沒完呢，不過比師父的訓練——輕鬆多了。」

然後，她再度對逼近的群體拚命開槍。

當軍官與警官結束自己的工作趕過來的時候，奇諾正站在倒地的士兵旁邊，一面警戒四周的環境，一面眺望美麗的街景。

「辛苦了。」

軍官從後面這麼說，奇諾頭也沒回地回答。

「辛苦了——我現在巴不得馬上吃些甜食呢。」

這一天傍晚。

下午回來以後，在帳篷悠哉休息的奇諾被叫到作戰司令室。

然後跟軍官、警官一起聽取報告。

經過後來的調查，所有國民的「遺體」都確認完成。也就是說，沒有任何生還者。

然後，作戰的下一個階段——將轉為處理大批的遺體，以及討論如何重建這個國家。

「各位這次的行動簡直有如神助！對意外狀況的處理也很好，表現得太棒了！因此，應該會得到相當的報酬！」

「這是我們的榮幸！」

軍官以敬禮回應。

「回國以後若能增加休假，我就覺得很開心了。」

警官聳著肩說道。

「請給我旅行用得上的物品，或者能賣錢的東西。」

奇諾提出這樣的要求。

聽到可以解散而準備離開的三人，受到上級的賞識。

「對了對了，一起戰鬥的士兵，心情似乎平穩多了。」

軍官對兩人做了這樣的提議。

「怎麼樣，要不要去幫他加油打氣？」

警官雖然婉拒這項提議，但軍官硬是拉他一起去，於是三人往醫療帳篷走去。

裡面陳列著簡易床舖，患者只有一名。

身穿T恤的士兵一看到走進來的三人，便一面挪動毛毯，一面慢慢坐起上半身。然後——

「…………」

他什麼話也說不出來。只是用不知該說是空虛或清澈的眼睛，看著站在床邊的三人沉默不語。

「你看起來狀況不錯，表現得很好哦。」

軍官親切地勉勵士兵，但他毫無反應。

警官則什麼話也沒說，奇諾也沉默不語。

軍官向他報告剛剛聽到的事實。

「這是我們所有人的勝利，對吧？」

最後他露出笑容如此說道，並伸出手要跟他握手。

但士兵並沒有和他握手，只是反問軍官。

「勝利？——不對。」

「嗯？——怎麼說？」

「輸了，我們輸了。其實是，人類慘敗。全人類，慘敗。」

「…………」

軍官看了看旁邊的警官與奇諾。

「…………」

「死者之國」
—Spirits of the Dead—

「…………」

由於兩人都沒說話，他明白說話是自己的職責，於是再次面向士兵。

「儘管如此，我們都表現得很好。聚集在此的人們，傾全力互相合作。我這輩子應該不會忘記這一天吧。」

「一輩子，是嗎……」

「沒錯，一輩子。」

不過士兵用堅定的語氣如此斷言。

「今天發生的這些事情，我這輩子不會對任何人說的。」

然後躺回床鋪，把頭蒙在毛毯裡。

「後來不管任何人跟他說話，他都不回答。會不會也想婉拒獎金跟晉升呢？」

「原來如此啊～」

奇諾與漢密斯，邊看著海洋邊往前奔馳。

這是奇諾在國內擊出數以萬計顆子彈的隔天。

她判斷已經不需要自己幫忙，於是結束三天的「停留」，一早又回復旅行的生活。

她確實收下燃料、攜帶糧食、「卡農」的子彈與火藥等等旅行必要用品，當做這次的報酬。

那個國家後來會變成什麼樣？逃出來的少數倖存者有辦法重建國家嗎？抑或是被當成墓碑留下來？或者不再當做國土，而是用來建築房屋？那些都還沒決定。

城牆遠遠被拋在後面，最後消失在蔚藍天空與綠色地平線的另一頭。

「奇諾我問妳。」

漢密斯從下方詢問。

「那一名士兵，跟『活死人』的確有直接接觸對吧？」

「嗯？對，我看到的時候是那樣沒錯。當時他，已經做了被咬的心理準備哦。要是兩人的臉重疊而我無法開槍，他就死定了。幸好來得及救他一命。」

「這樣啊……原來如此……」

「『原來如此』？」

奇諾在防風眼鏡後面做出訝異的表情。

「我說奇諾，接下來我要說的是沒有經過證實或根據的話哦。單純是我的想像，是虛構、胡說八道之類的話哦。」

「…………啊啊。」

奇諾露出愈來愈不可思議的表情，但還是持續騎著漢密斯往前進。而漢密斯則淡淡地說道：

「那個症狀，其實不是疾病。雖然把被咬就遭到感染，以及死了還會活動什麼的，認定為疾病是最好的做法。」

「…………然後呢？」

「其實那些人已經超越人類了哦，奇諾。」

「…………」

奇諾慢慢地鬆開離合器，讓漢密斯靠慣性跑了一陣子之後就把引擎熄掉。

在草原的道路上，奇諾邊看著平穩的海面，邊詢問漢密斯：

「這、這麼說的話？」

「那個啊，是為了讓他們比人類更加進化的、計劃。還有，系統。透過被咬而得到系統的人類，會一度像死掉似地不會動，但之後就會進化成『高度生命體』。身為生物的他們，肉體不再受到束縛。他們全速運轉腦部，精神就會跟其他人聯繫。在滿足的世界裡，他們不會饑餓也不會變老，讓人體驗到宛如在天國的感動，直到永遠。」

「我很想追問你究竟在說什麼——不過我還是先繼續聽下去好了，漢密斯。」

「謝謝。變成那樣的他們，被那種系統的優點大受感動，因此希望立刻增加伙伴。要他們不再當不自由的人類，勸誘大家成為更上一樓的存在。他們盡可能想讓更多人類，知道這個了不起的世界。所以——只有拚命咬。」

「……然後呢？」

「他們沒必要進食。他們的皮膚變白，還有綠色小斑點對吧？那個，是水草哦。而且透過陽光的照射，達到高效率的光合作用。只要有些許水跟偶爾曬曬日光浴，他們的肉體就不會腐朽，除非腦部遭到破壞。」

「……然後呢？」

「只是，當伙伴的肉體被什麼外來因素遭到破壞的時候，他知道用什麼方法收回伙伴。」

「收回……？難不成……？」

「沒錯。就是吃掉動也不動的伙伴的血肉。儘管只是吃到碎片，但透過那樣的方法來保持雙方的關係。或許也可以說是『結為一體』吧。複數的個體，以一個個體的身分活下去。」

「……那麼，然後呢？」

「要是置之不理的話，想必他們會離開那個國家吧。為了拓展那麼了不起的世界。屆時，其他國家也會增加伙伴，再增加，再增加。不久，就會成為無法制止的事情。」

「最後，他們將布滿整個世界……？」

「一點也沒錯。到那個時候，全世界的人類就會進化成真正幸福的生物——這說明可能有點不講理，但那就是他們的計劃。或許還會躲到海底深處呢，雖然那是遠古時期放棄的做法？」

「…………漢密斯。」

「什麼事，奇諾？」

「你說的那些話很有趣，但毫無證據對吧？」

「嗯，剛剛我聲明過了。」

「沒錯。」

「啊，有一件事我忘記說了。在咬下去以前，他們會先觸碰人類，透過肌膚與肌膚之間的接觸，人類也能在剎那間感受到那份美好，並窺視到那個了不起的世界。那可以說是一種事前體驗吧。一旦了解之後，就不會有人抗拒被咬。反倒是，巴不得被他們咬。」

「…………」

沉默幾十秒的奇諾，不久詢問漢密斯。

「我可以再問你一個問題嗎？」

「儘管問。」

「如果我變成『活死人』的話——應該就無法騎摩托車了吧？」

「那是當然囉。」

聽了漢密斯從容不迫的回答，奇諾滿意地點頭，然後用力催漢密斯的油門。

「準備到下一個國家吧，漢密斯。」

「說得也是呢，奇諾。」

第二話
「成長之國」
—Stand by me!—

第二話「成長之國」

—Stand by me!—

我的名字叫陸，是一隻狗。

我有著又白又蓬鬆的長毛。雖然我總是露出笑咪咪的表情，但那並不表示我總是那麼開心。我是天生就長那個樣子。

西茲少爺是我的主人。他是一名經常穿著綠色毛衣的青年，在很複雜的情況下失去故鄉，開著越野車四處旅行。

同行人是蒂。她是個沉默寡言又喜歡手榴彈的女孩，在很複雜的情況下失去故鄉，後來成為我們的伙伴。

緊接在「嘩啦啦」的水聲後的，是聽來有些模糊的「轟隆隆」爆炸聲。

水面冒出將進兩公尺的水柱，周遭灑了一整片的水漬。然後浮出水面的，是被捲上來的水底爛泥，以及三尾因為水壓而昏厥的大魚。

「抓到了！」

從河邊投擲手榴彈的蒂，滿意地說道。在下游等待的西茲少爺，則迅速拿長棍棒把魚撈過來。

這是常有的事情，讓蒂使用手榴彈捕魚，這方法可是很豪邁。

加上有些國家認為炸魚是違法行為，無論從哪個角度想，對河川跟魚都不好。

只不過，跟不擅長釣魚的西茲少爺一直白白浪費時間比起來（而且大部分都釣不到魚），這個方法的確比較快捕到魚。

我們在穿過遼闊草原正中央的大河河畔。

時間快接近傍晚。

而我們也決定今晚在這裡露營，因此正在準備晚餐的食材。

春天的天空晴空萬里，也沒有半朵白雲。氣溫雖低，但還不到冷到發抖的程度。

炸完魚以後，我們帶著收穫回到露營地點。而我們的越野車，則停在稍微偏離道路的地方。

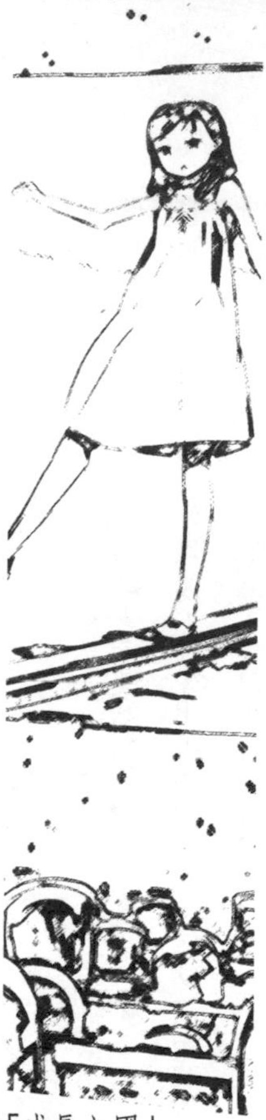

聚集枯樹枝並點好火，西茲少爺便開始料理捕來的魚。
他把魚剖開，並切成好幾塊，然後用平底鍋油煎。雖然只用鹽跟胡椒調味，但味道很棒。
對旅行者來說，只要不是攜帶糧食，都算是豪華晚餐。
兩人不發一語，不過蒂平常就沉默寡言。兩個人把晚餐全掃光，然後我也是。
此時黃昏開始來臨，天空從東邊漸漸染成藏青色。
西茲少爺利用殘火開始烤吃剩的魚肉準備當明天的早餐。廚餘則丟到河裡，當其他魚的飼料。
「…………」
蒂不發一語地在西茲少爺旁邊，看著他的一舉一動。
在兩人後方被泥土濺得有點髒的越野車旁邊，有兩個帳篷緊緊貼在一塊。
這是常見的旅行畫面，但西茲少爺心裡一定這麼想。
不能像這樣一直旅行下去。
西茲少爺希望自己能為某人效力。他的目標是找個國家落地生根，把那裡當做第二個故鄉，為某人效力、過正常生活。
不過，西茲少爺至今還沒遇到自己認為值得留下來效力的國家，或是願意讓外地人移民的國家。不曉得是他的運氣不佳，還是那些國家對西茲少爺帶有戒心。也可能兩個都有吧。

即使那一天那個時候，我們遇見了蒂並讓她跟我們一起行動，結果還是一樣。

雖然，曾有幾個國家願意只讓蒂移民，但那個時候，她總是斷然拒絕。

如果考慮到蒂的教育問題，西茲少爺當然知道留在哪個國家最妥當。不過，蒂這個當事人既然不願意，那也沒辦法。

蒂倒是看起來並不討厭旅行。

反倒是，對於從越野車欣賞各種景色，或者到入境國家稍作停留，她看起來很樂在其中呢。

我的話，過什麼樣的生活都無所謂啦。

我隨便什麼地方都能待。只要能跟隨西茲少爺，親眼看這個人怎麼活下去就夠了。

結果，感到苦惱不已的，總是只有西茲少爺一個人。

這是發生在隔天的事。

「成長之國」
—Stand by me!—

我們繼續行進在河川旁的道路，在白天過了差不多一半的時候，好不容易抵達一個國家。那個國家的規模，既不大也不小。

究竟這個國家，是否願意接受西茲少爺他們移民呢？

在城牆辦好入國審查之後，西茲少爺便詢問審查官。我們的資格是否可以移民至此？如果有可能的話，該辦理哪些手續？

我們只要入境某個國家，每次都會問這個問題。不過審查官的回答通常都是二選一。

一個就是，當場拒絕。

另一個回答是，「我不清楚，所以無法正式回答你，請你直接到關係省廳詢問吧」。這一次是後者。

越野車穿過城牆以後，我們開始欣賞國內的景色。

姑且不論海洋跟湖泊，或者深不可測的山谷等地理因素，每個國家的構造幾乎都相同呢。

也就是說，在這個國家靠外側較寬的區域是農地，呈甜甜圈狀，其內側則是住宅區，然後中心聚集了商業區跟政府機關。

這次還是一樣，越野車穿過寬廣麥田間的道路。

前方隱約可見林立的高樓大廈。西茲少爺對下巴抵在我頭上的蒂說明：

「每個國家的技術層面雖不一樣，不過建造大樓的國家，表示它的土木技術很進步。這次的還不止如此，在入國審查使用電腦的國家，表示它的電子技術很進步。」

「…………」

蒂似乎若有所思，經過幾秒鐘的寂靜後她問：

「有炸彈的國家呢？」

「嗯——……」

西茲少爺不知道該怎麼回答。

隔天。

我們從飯店出發到移民管理局。

然後得知的消息是——

「若成為某人的家人，許可就會很快發下來。除此之外幾乎無法用其他方式移民。」

「成長之國」
—Stand by me!—

就是這麼回事。

所謂「成為家人」，最淺顯易懂的例子，就是跟這裡的國民結婚。

然後還有一種可能性，就是透過領養的關係。

不管怎麼樣，只要西茲少爺無法立刻找到配偶，或者蒂被人領養，都無法留在這國家生活的。

於是，我們離開了移民管理局。

就算在這國家長期居住，也得不到我們想要的結果。因此我們買賣物品，準備再次出發旅行。

然後，我們準備吃午餐。

我們找了一家在公園擺放桌椅的餐廳，並點一些旅行途中吃不到的餐點。

旅行途中最不可能吃到油炸食品。因為要大量使用油的料理，太不符合投資報酬率。因此盡可能做成熬煮類或燒烤類。

還有，蛋糕跟冰淇淋這類甜食和各類冰品也是。

西茲少爺跟蒂，吃了炸得很漂亮的豬肉料理，以及上面有藍莓冰的起司蛋糕。

看到蒂聚精會神地吃美食的模樣便了然於心。

因此西茲少爺也沒必要問「好吃嗎？」這句話了。

用餐時，餐廳裝設的喇叭不斷在播放電影的宣傳廣告。像是新片介紹，還有二輪片的介紹。

鎮上也有許多電影看板。看來這個國家的最大娛樂，大概是看電影吧。
吃完飯後，西茲少爺邊喝茶邊喃喃地說：
「電影啊……我已經好幾年沒看電影了呢……」
西茲少爺最後一次看電影，應該是還在故鄉的時候吧。
然後——
「怎麼樣？要不要挑一部電影看，順便讓蒂當做生活學習。」
我不經意地如此提議。
「嗯……」
西茲少爺看著雙手捧著茶杯咕嚕咕嚕喝茶的蒂，然後詢問終於發現到西茲少爺在看自己的蒂。
「蒂，妳想看電影嗎？」
「什麼是『電影』？」
「…………呃——」

西茲少爺很認真地思考怎麼回答。

要對完全不懂「電影」的人從頭開始說明，老實說是一件難事。

「也就是說，利用大銀幕觀賞會動的影像。而所謂的銀幕是——」

還有——

「戲劇，也就是觀賞一些人表演創造的故事——」

西茲少爺不斷拚命向她說明。

而靜靜聽他說明的蒂——

「總之就是那種感覺的娛樂表演，妳想看嗎？」

對西茲少爺再一次的詢問——

「創造的東西、不需要。旅途中，欣賞各種風景與人們，還比較好玩。」

結果她是這麼回答。

當我們用完餐，從椅子站起來的時候——

「發現了嗎？陸。」

西茲少爺小聲問我。

我早就發現到了。從剛才就有個男人，用小型相機偷拍我們。

他一身西裝打扮，戴著墨鏡，又戴了遮住眼睛的帽子，因此看不出他的年齡。

男子坐在跟我們有段距離的桌位，一面假裝看報，一面從西茲少爺的背後拍了我們好幾次。他的動作雖然很快，但是像那樣拍那麼多次，要不發現也很難。

「發現了，會不會是這兒的政府派的人？」

我如此問道。

雖然不相信外地人，但還是讓他們入境，不過卻暗地裡監視他們的一舉一動，這樣的國家其實很常見。雖然我們並沒有企圖要顛覆這個國家。

「我覺得應該不是。對方看起來不像是認真起來，能夠把我們怎麼樣的人。而且——」

「而且什麼？」

「他偷拍的手法太爛了。」

「原來如此。」

西茲少爺說得沒錯，如果是政府機關派來的，應該是監視專家才對，手法不可能這麼粗糙。

「不管怎麼樣，我們明天就出境。」

西茲少爺牽著準備先走的蒂，然後跨步往前走。

我也隨後跟上。

等我們走了一段路再回頭看，那個男子已經不見蹤影。

到底他想做什麼呢？

隔天早上，我們終於明白那名男子的目的。

就在我們辦完飯店的退房手續，準備走出大廳的那一瞬間。

「請等一下！旅行者們！等一下啊啊啊啊！」

傳來聲音高亢到足以震碎玻璃的聲音，然後那個聲音的主人從玄關突襲而來，讓我們不禁停下腳步。

對方是看起來四十幾歲的女子。然後，她後面又跟著同年齡層的男子。

「啊啊，太好了！幸好趕上了！拜託你們！請、請聽我們說好嗎？」

「是的！拜託你們！呼……」

看著眼前氣喘噓噓的兩個人，西茲少爺心平氣和地詢問：「請問有什麼事嗎？」

當下我們完全不知道他們找我們這些旅行者有什麼事。不過待人客氣的西茲少爺，停下準備穿過玄關的腳步，帶著那兩個人到空蕩蕩的大廳沙發。

那兩個人邊道謝邊坐下來，我們也坐在他們的對面。

「…………」

蒂則是不發一語地坐著等待。或許，她心想「應該是跟我無關的事情吧」。

但事實上並非如此。

那兩個人，自稱是住在這國家的一對夫妻。

「請恕我直說了，請讓那位有著漂亮白髮的女孩，當我們的養女！」

他們說出這樣的話。

「你們想要……領養蒂啊？」

西茲少爺訝異地如此說道。

「成長之國」

—Stand by me!—

「她叫蒂是吧！長得非常可愛，簡直像個天使呢！」

女子如此說道。她的功用大概就是用高亢的情緒說話吧，然後她又繼續說：

「其實真的很抱歉，昨天我們請朋友拍了你們的照片！」

啊啊，那個偷拍行為啊。謎團稍微解開了，雖然那個朋友跟他們的交情如何，至今還是個謎。

「然後，他告訴我們『有個非常可愛的女孩旅行者』！而我們一眼就看出來！這孩子若交給我們撫養，應該會幸福！」

雖然那對夫妻有些奇怪，不過西茲少爺還是不發一語地聽他們說。

「旅行者，這國家只要透過領養手續，就能夠移居至此，成為正式國民！這孩子應該留在這個國家，開開心心地成長才對！她將受到完整的教育，過正常的人生！我這麼說有錯嗎？應該沒錯吧！那些危險重重的旅行生涯，應該立刻停止才對！」

她的語氣非常斬釘截鐵。還強調旅行危險重重，當然我不否定旅行會遇到危險啦。

「怎麼樣？應該決定好了吧？你也覺得蒂應該過正常的人生吧！那我們快點去辦手續吧！別擔心，一切全包在我們身上！」

看到對方這麼厚臉皮，西茲少爺反而覺得很高興。

他冷靜地回答強硬下結論的女性。

「首先，她並不願意獨自留在這個國家。關於那點我非常明白，因為過去也發生過好幾次類似的狀況。」

對西茲少爺說的這番話，蒂的頭往下點了約幾公厘。

「既然這樣！」

女子的反擊非常迅速。

「不然，你也一起在這國家定居吧！以我兒子的身分！」

「啥？」

「沒錯，那總行了吧！你們兩個，一起當我的小孩吧！這樣問題就解決了吧！從今天起，你們倆就是兄妹。不過你已經是成人，我認為你必須努力找個工作，到外面找地方自己住，做自己想做的事！」

「…………」

雖說強人所難也該有個限度，但很諷刺的是，我們——不，西茲少爺心中的問題倒是可以就此解決。暫且啦。
不過話說回來，這對夫妻到底是何方神聖？還有，為什麼這麼想要領養小孩呢？
浮現在我腦子裡的說法是，想得單純一點的話，這對夫妻因為生不出孩子，所以想領養小孩。
不過，從這兩個人的身上，我感覺到事情應該沒那麼單純。
「我覺得我們要考慮一下。」
西茲少爺冷靜地這麼說，但馬上就遭受到反擊。
「那怎麼行呢！你這麼懦弱怎麼成大事呢！」
我覺得那跟懦弱一點關係都沒有，不過這種想法對這個女子應該是行不通。
「好了，現在就去移民管理局吧！放心！全交給我們處理！計程車錢我們當然會出的！」
看著邊站起來邊大聲嚷嚷的女子，西茲少爺搖了搖頭。
接著——
「旅行者！千萬不要聽信那些傢伙說的話喲！」
仍舊是女的……不過聲音比較年輕。
我跟西茲少爺回頭看。從後方傳來的聲音，是發自一名二十歲左右的女子。
以人類的感覺來說，說她是「正妹」也不為過，是那種走在路上男人應該都會回頭看的類型。

然後從剛才，對著筆直走來的年輕女子——

「妳這傢伙！跑來這裡做什麼！」

「沒錯！快回去！這裡沒妳的事！」

剛剛一直嚷嚷個不停的夫妻，因為生氣的關係又繼續大吼大叫。看樣子這三個人都認識，絕對沒錯。

這時候西茲少爺從沙發站起來，走向那名年輕的女子。

然後，在那對夫妻能清楚聽到他們對話的位置詢問她。

「看來妳似乎很了解這對夫妻的意圖呢，可以請妳告訴我嗎？」

「可以喲！當然可以！那些傢伙啊——」

年輕女子以金剛力士站立之姿，指著坐在沙發上的夫妻。然後說：

「他們只是想讓自己的小孩當電影明星而已！」

原來如此，終於明白了。

這國家的電影產業興盛，演員這行業也很熱門。

當然，童星的需求量也多。而擔任那些童星的經紀人的，都是父母親。

而這對夫妻，就是看上有著一頭白髮及綠眼睛，外表跟這國家的小孩明顯不同的蒂。他們企圖用強硬的方式領養她當「女兒」，再安排她拍電影好大賺一筆。

「原來如此……」

西茲少爺喃喃地那麼說並回頭看那對夫妻。

「理由，我已經非常明白了。」

然後笑著對他們這麼說。不曉得那是刻意虧他們，還是他內心真正的感想，抑或是兩者皆有？

那麼，給我們忠告的那位年輕女子，到底是誰呢？當我感到不解的時候，她已經主動做自我介紹了。

「我也是從嬰孩時期就拍了許多電影！不，是被迫的！被那兩個人逼的！我甚至無法正常上學！——但是我沒辦法選擇！因為這兩個傢伙，是為了賺錢才生下我的！」

原來如此，她是這對夫妻的親生女兒啊。仔細想想，他們大吼大叫的模樣還有幾分神似呢。

「妳不也嚐到不少甜頭嗎！妳這個不知感恩的傢伙！」

母親反擊了。

「『甜頭』？哼！別開玩笑了妳！我根本就不想當女演員！」

女兒大叫。

不曉得西茲少爺心裡會不會這麼想，「可惜長這麼美卻像這樣子大吼大叫」。

「是嗎，妳這個不孝女！我早就跟妳斷絕母女關係了！哪兒涼快妳就到哪兒去吧！」

「我求之不得呢！我正在上大學！還自己賺錢養活自己！因為我的夢想是當律師！」

原來如此，演出費全被這對夫妻拿走了。這如果鬧上法庭，女兒或許會勝訴呢。

「老實說，我並不想再見到你們兩個！可是，我實在看不慣你們這種無恥的領養行為！」

「妳這該死的不孝子！」

「哈哈哈！活該！」

聽著母女倆響徹飯店大廳的吵架聲——

「……」

「成長之國」
—Stand by me!—

老實說還真無法看出蒂心裡在想什麼。

因為我們沒辦法一直待在這裡看他們吵架，於是西茲少爺插嘴說話了：

「請兩位不要再吵了——我不會讓蒂給這對夫妻領養的。」

「啊啊，太好了……」

那個女兒鬆了口氣。

「為什麼！你想扼殺她的未來性嗎！這孩子搞不好會變成大明星耶！」

母親一副準備再開戰的氣勢。

姑且不管這名被利慾薰心的女子她的想法如何，但這件事算是就此告一個段落。

雖然我心裡是那麼認為，不過這國家的人似乎不允許事情就此落幕。

「那不然，讓她當我的女兒！」

其他客人因為聽到吵架聲不知不覺聚集過來，其中一人……一名年紀不小的紳士如此大叫。

結果，其他大人們也開始爭先恐後地說道：

「不！等一下！請讓她當我的女兒！」

「我也要申請！這位小妹妹，比較適合來我家過優雅的生活！」

「來我家！來我家當著名女演員吧！我會安排妳上完整的課程！」

「等一下，等一下！我家才是最適合！我們跟演藝圈的人也有關係！」

「來我家的話，可以介紹妳到優秀的訓練班哦！」

現場的狀況有如潰堤般一發不可收拾。

正如前面所形容的，潰堤般的情緒讓周遭這些大人們開始蒂的爭奪戰。

雖然還不至於打起來，現場四起爭相領養而大喊「我也要，我也要」的叫聲，還有否定對方的咒罵聲，實在是有夠扯的吵架場面。

「傷腦筋……」

西茲少爺嘆了口氣，看來他將照原先預定的計劃出境呢。

從頭到尾一直盯著混亂場面看的蒂，輕輕地這麼說：

「拍電影、或許、很有趣呢。」

整理好行李，向年輕女子道謝之後，我們便離開飯店。

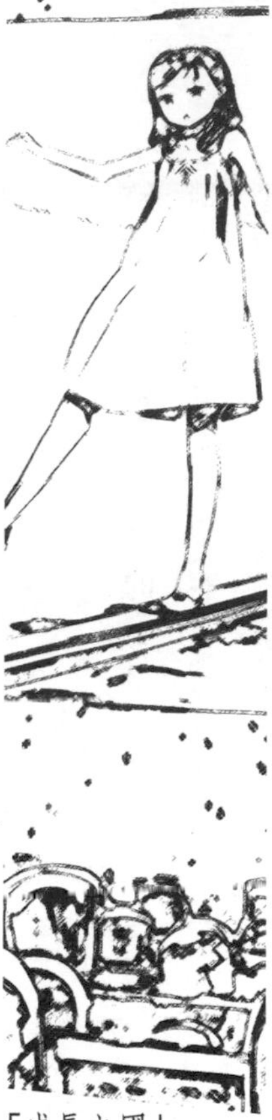

「成長之國」
—Stand by me!—

這時候我清楚聽到大廳傳來的聲音：

「結果她並沒有屬於任何人啊。那我就放心了。」

真是的，再怎麼坦率也該有個限度吧。

邊感到訝異邊往前走的我，看到眼前的蒂把她的小手伸向西茲少爺。

西茲少爺察覺到她伸過來的手，於是伸手握住。

西茲少爺就這樣牽著蒂走到越野車，再小心翼翼地帶她坐上副駕駛座。

然後把背在身上的行李放到載貨台固定住，再走到駕駛座。

在我眼裡，那一連串的畫面簡直勝過任何名畫。我快速往前奔跑，然後跳進副駕駛座。

蒂用她纖細的雙腳夾住我，再把下巴抵在我頭上。

「走吧。」

配合蒂這句話，西茲少爺隨即發動引擎。

第三話

「酒駕之國」

—*Let's Play the Game!*—

第三話「酒駕之國」

—Let's Play the Game!—

有一輛車奔馳在雨中的草原。

那是一輛破破爛爛的黃色小車。

車子緩慢地在這彷彿打翻水桶的豪雨中，在貫穿平坦草原的泥土道路上行進。

天空非常陰暗，完全看不到理應高掛在天空的太陽。

車上只有單支雨刷，雖然很努力地揮動，但還是無法完全擦乾擋風玻璃。加上上面的膠條早就老化，根本就趕不上豪雨的速度。

至於車頂是布料製成的，天氣晴朗的時候就把它捲到後面，變成拉風的敞篷車，但現在當然是拉起來。

車頂雖然已經拉起來，雨水卻不斷地從縫隙「啪答啪答」地滴進車內。

「雨下得好大哦，師父。」

坐在右側駕駛座握著方向盤的男子說道。那是個子有點矮小，但長相俊俏的年輕男子。他身上

的棕色夾克，右肩已經被滴進車內的雨水淋得濕答答的，他也放棄在意有多濕了。

「偶爾還是會遇到這種日子呢。」

坐在副駕駛座，被稱為師父的女子說道。

她有著烏溜溜的長髮，是一名妙齡女子。她身上優雅的黑色夾克上面罩著一件雨衣，防止被雨水淋濕。

然後兩個人的後面，除了有將後座塞滿的各種旅行用品，還有堆積如山的步槍等等說服者，上面則蓋著帳篷的外帳，以防東西被雨水打濕。

男子以極度慎重的駕駛方式，行進在幾乎看不見前方的道路上。若沒有草原的綠色與道路的棕色可供分辨，或許很難往前走呢。

這裡是跟其他車輛會車的可能性極低的道路，不過，也不是完全沒有機會。

而且，道路前方也可能突然變成河川，抑或是有樹木倒在路面。

總之男子小心翼翼地、仔細地，而且讓車子的搖晃度降到最低限度，穩穩地享受在惡劣天候兜風的樂趣。

兩人以預定的數倍時間好不容易抵達的，是某個遼闊又平坦的國家。

國內布滿鋪設柏油路面的道路網，是汽車持有率高的國家。

在總算晴朗的天空下，許多性能極優的車輛，不斷超越在寬敞的柏油路上徐徐前行又沾滿泥土的小車。

這時候男子打了方向燈變換車道，等對方超車之後又回到原來的車道。

「你開車很有禮貌呢。」

看到男子的駕駛方式，女旅行者如此說道。

因為國情不同的關係，有時候會遇到有人逼車逼到很危險的地步再強行超車，或是緊跟在後面挑釁，或是對你按無意義的喇叭，不過這些狀況在這個國家完全沒發生。

「這可是幫了我很大的忙哦，也幸好沒發生其他不必要的事情。」

男旅行者一面輕輕舉手向超越的車輛示意，一面說道。

話說回來這兩個人一旦跟別人起爭執，鐵定不會善罷干休的。

好了，時間到了傍晚。

把車子停在停車場，帶著一只包包進入飯店的兩人，在大廳辦入住手續的時候，在那兒的其他客人……

「喔！旅行者你們開車來啊！是來我國體驗『酒駕』的嗎？」

一名中年男子笑咪咪地對他們說道。

「酒駕？」

男子感到不可思議地回問。

「咦，旅行者你們不知道嗎？這個國家很流行『酒駕』哦！喝過酒再開車，把『人』撞飛或把『其他車』撞爛的感覺很讚哦！」

男子開心地回答他們。然後——

「那麼，請你們好好享受在這裡的假期吧。」

「酒駕之國」
—Let's Play the Game!—

說完這些話他就離開了。

「什麼？」

歪著頭感到不解的男旅行者，內心的疑問在進入飯店房間以後就解開了。

因為置於房間裡的小冊子裡，有這樣的文字。

「要不要試試看酒駕!?喝了再上！上了就喝！國營酒駕場全年無休營業中！」

隔天。

雖然不太清楚是怎麼回事，卻是其他國家看不到的罕見設施——

因此，兩名旅行者出門了。

頂著晴朗的天氣，開自己的車過去一探究竟的「國營酒駕場」，還真是大到嚇人的設施呢。

在這國家的郊外有一處非常寬敞的地區，那兒簡直是一座城鎮的規模。不僅有鋪柏油的道路，還有櫛比鱗次的房屋。

靠上前仔細一看，道路雖然是真的，但房屋似乎是電影的布景，是外觀很相似的紙糊房屋。

「歡迎光臨！旅行者！」

出來迎接他們的，是戴了「導覽員」名牌、穿著套裝的年輕女子。

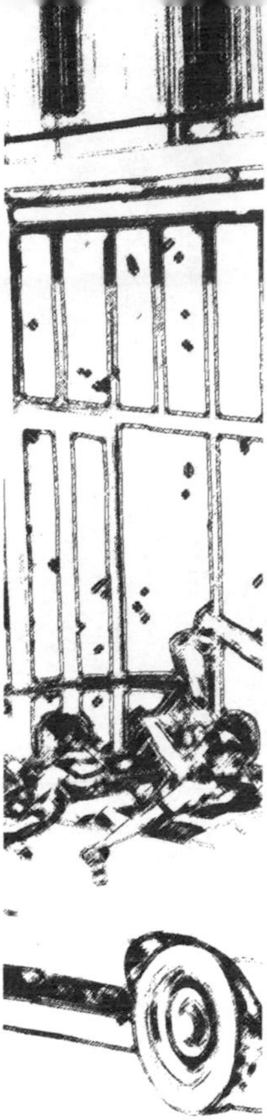

「歡迎兩位來到『國營酒駕場第八區』！」

「聽妳這麼說，表示這裡至少有八個像這樣的設施囉？」

受到笑容款待的男旅行者如此說道，導覽員則點著頭回答：

「連同規模的大小及民營機構在內，我國共有二十四座酒駕場。」

「那還真多呢。」

男子說出不知道該說是訝異或是感動的感想。

當導覽員得知兩位旅行者對設施的事情並不是很了解時——

「首先是有關設施與『酒駕』的說明，這可說是百聞不如一見，請兩位務必參觀。」

說完便帶旅行者前往設施之中最高的建築物，也就是鋼架高塔。搭著電梯到二十公尺高的高塔，可以把這個人工城鎮盡收眼底，一覽無遺。

以足球場比喻的話，這裡是有四座足球場那麼大的城鎮。

區域內有大馬路也有小巷子，還煞有其事地設置了紅綠燈。在人行道上還有用膠合板做成的一

些行人立牌。

「請看設施的右邊最裡面，以及左邊最裡面。」

當兩個人照導覽員所說的方向看過去，發現那兩邊各有一處寬敞的停車場，場內還停放了近一百輛的車子。

「那些是參加的車輛。」

車子是同款的一般客車。

然後每輛車的外側都以滿粗鐵管包覆，是有如牢固鳥籠般的防護裝備。雖然如此，車身還是有些凹陷或損傷。

「然後那些是今天的參加者，今天人數比較少呢。」

雖然她說人數比較少，但是停車場前面可是聚集了許多人呢。

加起來應該有幾十個人吧。他們坐在擺設在大帳篷下方的桌位，開心地喝著什麼飲料。

因為距離太遠的關係，實在看不出他們在喝什麼，於是男旅行者開口詢問。

「那當然是酒。我們會讓參加者盡情喝酒，讓他們的血中酒精濃度提高到不傷害健康的程度。因為沒有超過標準值是無法參加的。」

導覽員如此回答。然後可能是準備就緒了吧，只見他們豪邁地喝完最後一杯酒，接著就戴上安全帽，並坐進附有防護裝備的車子裡。

兩座停車場有數十輛汽車一起發動引擎，然後，伴隨著響亮的警笛聲往前衝出去。於是這座人工城鎮的道路馬上被那些車輛淹沒。

不一會兒，車輛開始交錯往來。

乍看之下是很平常的道路景象，但畢竟開車的是醉鬼，不是那邊有車子搖搖晃晃地蛇行，就是這邊有車子衝到對向車道。

依照交通規則，車輛遇到紅燈應該要停下來的。但是——

嘎唰！

傳來劇烈的撞擊聲，原來是某輛車追撞了另一輛車。

不過那道撞擊聲就有如暗號似的，接下來在區域內各處不斷響起車輛「喀！」、「咚！」的撞擊聲或擦撞聲。

「愈來愈有『酒駕』的感覺了！」

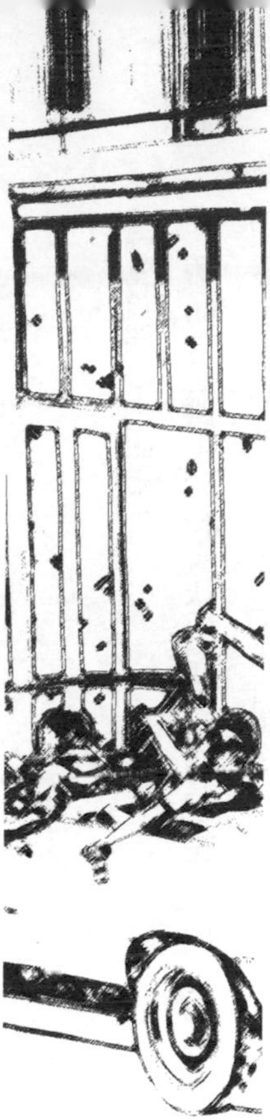

導覽員開心地說道。

一輛在大馬路上以相當快的速度奔馳的車子，因為過彎的時候方向盤操作失誤，因此打滑的輪胎一面發出劇烈聲響，一面衝向人行道。

啪喀啪喀啪喀啪喀啪喀。

伴隨著清脆的破壞聲，擺在人行道的膠合板行人，像保齡球那樣連續被撞飛。

只見膠合板在天空飛舞，隨即落在道路中央。其他車輛為了閃避那塊膠合板——

啪唰啪唰。

但還是閃避不及地輾過，結果被輾得粉碎。

這座人工城鎮，還真的挺熱鬧的。

有車子硬要超越別輛車，結果跑去撞牆。

有車子偏離畫在地面的橋樑，結果把車開到河川上。

有車子搖搖晃晃地朝發生追撞的事故現場衝進去。

有車子正面撞上有堅固支柱撐著的電線桿。

「天哪，還真慘烈呢。」

男旅行者坦白說出自己的感想。

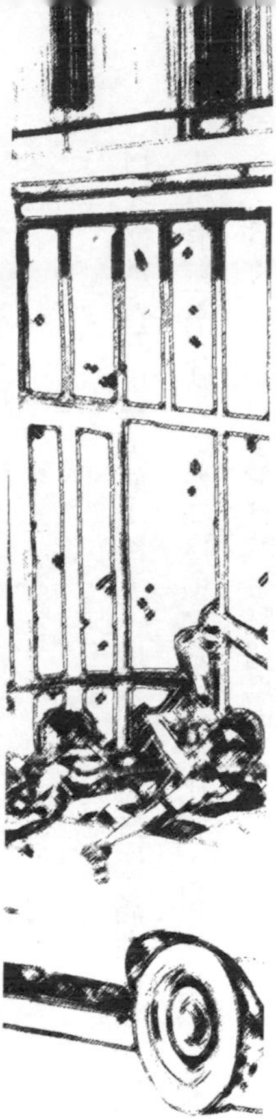

「這樣我非常了解了，大家對這項活動很樂在其中呢。」

女旅行者對導覽員如此說道。

「是的。這正是我國最受歡迎的娛樂，『酒駕』！」

以響亮的撞擊聲當背景音樂，導覽員繼續說：

「參加者盡量喝酒喝到爛醉，然後在場區內駕駛。而比賽方式分成兩大類。」

導覽員先說了一句「其一」，然後說：

「是『安全駕駛規則』。這是在比賽『駕駛能在多安全的情況下，行駛多遠的距離』。也就是說，要拚命努力不讓自己發生事故，而且不違反法規。話雖如此，畢竟駕駛都處於酩酊大醉的狀態，所以沒那麼簡單達成的。到最後都還是會撞車呢，雖然被其他車輛撞擊並不算。順便一提，兩位現在看到的就是那個規則的比賽。」

看到兩人似乎了解自己的說明，於是導覽員繼續說下去：

「其二，是『破壞駕駛規則』。這是比賽『駕駛人能夠挑戰多離譜的駕駛方式』。參加者可盡情撞擊別人的車輛，把『行人』撞飛，如自己所願地享受『酒駕』，盡可能發揮車子的破壞能力。若想消除壓力就可以參加這項比賽。這項比賽，預定下午開始舉行。鐵定會非常非常精彩哦。」

不久，響亮的警笛聲響徹整個場區。

「時間到了。」

導覽員如此說道，只見場內的車輛慢慢地開回停車場。

「由於車上都裝有監視錄影器，我們會檢視駕駛記錄的。在『安全駕駛規則』的比賽，不能發生犯規或駕駛個人的過失造成的事故。而且發生的次數愈少，行駛的距離也長的駕駛就算優勝。『破壞駕駛規則』則是相反。這是比賽盡可能大肆破壞的駕駛，誰得的分數多就算贏了。而且，這還有舉辦全國大賽呢。我國產的酒很有名，也有許多人喜歡開車。所以，把這兩樣東西結合為成年人的運動——『酒駕』，可是非常受歡迎呢。」

這時候駕駛們，紛紛從回到停車場的車輛走下來。

他們摘下安全帽，臉上雖然都露出爽快的笑容，但其中也有喝太醉而步履蹣跚的人。

「這可是相當激烈的『運動』呢。」

男旅行者坦白說出自己的感想。

導覽員則笑咪咪地說：

「怎麼樣？兩位旅行者要不要也參加？首次『體驗』的話，費用很便宜的。酒跟下酒菜的費用、油錢、車輛的維修費用，加總起來是這個價格！」

儘管不知她說的價格到底算貴還是便宜。先撇開那個不談，女旅行者則是問了一個問題。

「這樣我非常了解了，不過我有一個問題。除了酒駕場……也就是說在一般道路上，有人會酒駕嗎？」

「怎麼可能！」

導覽員訝異地瞪大雙眼。

「那是絕不可能發生的事情！在一般道路酒駕的話，是很可能害死他人的極危險行為。罰則也很嚴厲，一旦認定為酒駕就會被判處十年的徒刑。若發生事故導致他人受傷，則是判處二十年。要是導致他人死亡，當然，就是以殺人的罪名判處無期徒刑或死刑！」

「原來如此。」

女子點了點頭。

接著導覽員又恢復笑容地說：

「怎麼樣？要不要在這個酒駕場，盡情試試看『酒駕』的感覺呢？當然兩位回去的時候，我們會找指定駕駛送你們回飯店的。撞別人的車或把行人撞飛，能夠讓你們感到很爽快哦？」

第四話
「血型之國」
—Blood Typo—

第四話「血型之國」

—Blood Typo—

「抱歉讓您久等了！奇諾，妳的入境許可下來了！」

當入境審查官呼叫時，奇諾正在空無一人又寬敞的會客室，與漢密斯玩接龍遊戲。

奇諾聞言站起來，把臉轉向走進會客室的入境審查官。

「感謝您。」

「奇諾，不是『感』，是『入』啦！」

「我不是回答接龍的答案，是我們可以入境了。」

「入境。那接下來是『境』囉。境——境——」

奇諾沒有理會苦思的漢密斯，從入境審查官那兒接下文件。裡面還有一張塑膠製的卡片。

「這張卡是外籍人士身分證。因觀光或商務而暫時停留的人士，有義務隨身攜帶這張卡。上面也註明了漢密斯的事情，跟妳攜帶的說服者等相關事情。原則上請妳在這裡確認一下，看看記載的事項是否有誤。」

「知道了。」

奇諾拿起卡片檢查。

首先是剛剛拍的大頭照，上面是完全沒有笑容的奇諾。

姓名欄只有「奇諾」兩個字，中間名跟姓氏都是空著的。

出生年月日是「不明」。

髮色是「黑色」。

眼睛顏色是「深棕色」。

攜帶入境的有一輛摩托車，及兩挺掌中說服者。

然後——

「完全無誤。倒是卡片最下方大大註明著『一型』，那是什麼啊？」

奇諾如此問道。

「啊啊，那個啊——！」

入境審查官張大鼻孔說話。

「那是血型！奇諾妳不知道嗎？」

奇諾誠實回答一副很想說明的入境審查官：

「我以前曾聽說生物的血液有分類的方法。根據分類的方法，分有幾種類型。而且，輸血的時候必須很小心。我知道的就只有這些。」

「這樣算十分詳細哦……」

入境審查官相當失望，但還是繼續說明。

「血液的分類方法雖然形形色色，但最著名的就是『一二三型分類法』。綜合一型與二型的是三型，而既不是一也不是二的，則被歸類為零型。」

「原來如此，經過剛才的驗血結果，我是屬於『一型』對吧。」

「沒錯。本國國民的身分證上，也一定會記載。」

不過漢密斯從下方說話了。

「這樣發生意外的時候就能立即輸血，很方便呢。就算是這樣也小心不要跌倒哦。」

「倒是奇諾——」

入境審查官窺探似地笑著說道：

「應該常常被說『妳有點奇怪』吧？」

在這個不算遼闊的國家，奇諾與漢密斯不斷被居民搭訕。

「嗨，旅行者。妳是什麼血型？——這樣，跟我一樣是一型啊。這樣的話，就好的意義來說，妳的個性很大而化之呢。我懂，我懂。」

「旅行者的吃相，算是優雅中又帶有豪邁的感覺呢。光看就覺得很舒服哦！妳應該是三型或一型吧？——我猜對了嗎？看吧！」

「旅行者住的房間保持得好乾淨，幫了我不少忙呢——妳應該是二型吧？咦，不是嗎？——那妳是零型！咦？我知道了！妳是一型對吧！我就知道！」

「想不到妳會選擇那一款的子彈，好有品味哦～指導旅行者射擊的人，應該是三型吧。然後從旅行者佩帶槍套的位置判斷，妳應該是二型或一型呢。」

「旅行者是一型啊——！天哪，今天妳的運氣不太好，騎車的時候要小心點哦！如果攜帶棕色手帕，可以當做護身符哦！」

「討厭啦——我被甩了對吧——他是一型的——他對我說『我果然無法跟妳這個個性認真，又一板一眼的典型零型交往』。他那些話我根本就無法反駁對吧？好沮喪哦——！」

每次被迫跟居民聊血型的事情，奇諾都只是說：

「這樣子啊……」

漢密斯則是如此回答：

「要是摩托車也有血液就好了！」

這是入境第二天下午的事情。

漢密斯一面在市區奔馳，一面問奇諾。

「妳看右上方。這國家對血型到底有多狂熱啊？」

在行進路線的前方，在右側某家百貨公司的高處——

「三型特賣會！最適合三型的服裝，應有盡有！」

標示這些標語的布條隨風擺動。

奇諾的視線從垂下的布條移回前方，在行進的前方看到一家書店。

「對了漢密斯——我想先到那家書店看看。」

「妳又打算不買書，只是站著翻閱嗎？」

「『一型』是節儉達人哦，應該啦。」

奇諾把漢密斯停在寬廣的停車場，然後走進書店。

大型書店很熱鬧，裡面有相當多客人。

奇諾先看一下設在出入口附近的書架。

擺放最熱賣的書籍分類，以及書店裡最推薦書籍分類的那個書架上——

《妳的血型將改變妳的命運！》

《大破解！與三型人的交往方式！》

《上司若是二型該怎麼辦？》

《購屋必讀‧二型篇》

《別瞧不起零型！》

《食譜系列．適合二型的簡單食譜》
《一型與二型結婚的話？‧Blood Love》
《零型容易犯的錯誤　新進菜鳥篇》
《零型的你必知　與傷腦筋的一型如何交往》
《絕不失敗的選車指南　二型篇》
《三型人不是笨蛋！》
《孩子若是三型的父母必讀》
《初次接觸園藝者必讀‧三型篇》

又大又厚、各式各樣與血型相關的書籍，果然陳列了一大堆。

有不少客人聚集在那堆書籍前面，購買的人也相當多。

一名發現到奇諾的年輕女子還過來跟她搭訕。

「哎呀！妳是旅行者對吧！歡迎來到我國！」

「謝謝妳——對了，這些全都是跟血型有關的書籍嗎？」

「沒錯哦！旅行者是什麼血型？等一下！我猜猜看！」

由於她那麼說……

「喔！我也要猜！」

「我也要。旅行者，妳先不要說出答案哦。」

「我很會猜血型的！」

四周的客人也跟著起鬨，然後開始猜起奇諾的血型。結果有七個人說出他們的想法，而且有人猜中。

「我就知道！」

猜中的中年男子，露出非常開心的表情。

奇諾詢問大家：

「可以請各位告訴我，這國家為什麼會有這麼多跟血型有關的話題呢？」

在場所有人並沒有回答奇諾的問題，結果由最先跟她搭訕的女子代表回答。

「旅行者，是這個哦！」

她從書架拿了一本書遞給奇諾。

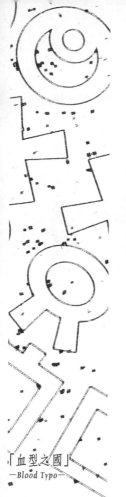

它的裝訂比其他書本還要樸素，大約是口袋那麼大。而且，非常薄。

書名是——

《了解血型的書》

跟其他書比起來，的確是非常簡單。

女子把那本書拿到胸前並對奇諾說明。

「這本書，其實還有原版哦。是大約二十年前，透過旅行商人帶進這個國家的。目前市面上買得到的，是除了版權頁標記，其他每一個文字都正確無誤的復刻版。原版目前只剩下五本，目前在網拍都以超高價拍賣。而保存最佳的那一本，則收藏在國立圖書館裡。」

年輕女子打開書頁給奇諾看。

「這本書裡，用非常簡單的方式描寫怎麼利用血型分辨性格。在分成四大類的章節裡，把每種性格與行動都一一列出來。」

這時候女子挑了其中一節閱讀。

「像是一型這個項目：『為人正直又有強烈的正義感』、『有時候會有些白目』、『對人有情有意』、『手很巧』、『理數方面表現優秀』、『有點不愛吃甜食』、『不太會掌握跟人之間的距離感』、『給人吊兒郎當的感覺』——」

女子閱讀相當多內容之後，啪答地把書合上。

然後——

「這本書一開始先在雜誌上被特別報導！標題是『國外流行的血型書』，加上它描寫的內容都很符合那個血型的人，使得大家非常訝異哦！當然啦，那是發生在我們出生前的事情，這些都是我聽父母親說的。」

在旁邊聽她說話的那些中年以上的大人們則是——

「哎呀~那時候還真的掀起一股風潮呢。」

還說——

「所謂的『恍然大悟』，大概就是那樣呢。」

眾人開始緬懷起過去。

至於奇諾。

「原來如此。所以這國家的人們，就把那本書當做始祖，開始研究血型對吧？」

「對！就像我剛剛唸的那些內容，這本書的寫法非常簡單。因此，隱藏了讓人想追根究柢的樂趣。後來出現許多血型研究專家，他們把裡面寫的內容一一深入研究。當然，並沒有進行否定這本書的研究。結果就衍生了更深入的研究，最後就是——鏘鏘！」

女子一面從嘴巴發出效果音，一面做出手勢向奇諾介紹書架上滿滿陳列的書籍。

「原來如此。」

奇諾了解整個過程之後，女子把手裡那本販售用的書籍緊緊抱在胸前。

「很浪漫吧～我們體內的血液，居然還創造了我們的思想……」

奇諾從書架拿了一本《了解血型的書》。

「旅行者，妳要買那一本嗎？」

其中一名中年的男客人如此問道，但奇諾誠實回答他「自己不會把錢花在旅行中派不上用場的東西，所以只是站著翻閱而已」。

結果——

「什麼嘛，如果是那個問題，那我買下來送妳吧！就當作是妳來過這個國家的回憶，在旅途中好好閱讀吧！」

聽到男子那麼說，周遭的客人們也認同那是個好主意。

其他客人也紛紛說要出錢買給奇諾，結果她被強迫收下被當作禮物的這本《了解血型的書》復刻版。

「總之就是這麼回事，反正這本書也沒大到無法攜帶，我就滿懷謝意地收下了。」

奇諾一面騎著漢密斯在路上行進，一面對他說明整個經過。

「喔～原來如此。幸好不是百科全書呢！」

隔天。

奇諾一大早就出境了。

她小心翼翼地行進在雜亂的非柏油路面。

凹凸不平的道路左右，是一整片繁茂的森林。雖然不用擔心會偏離道路，但視野並不寬闊。

這天下午，奇諾遇見一支旅行團。

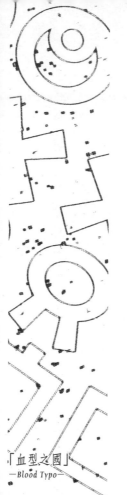

分別開著兩輛卡車的幾名男子，發現森林裡的廣場，正在建造今天的露營區。

奇諾停下漢密斯並跟他們說話。自稱是來自遙遠國度的某個企業團及護衛的他們，告訴奇諾他們來的路線，並詢問怎麼前往她剛剛離開的那個國家。

「企業團出來旅行，這還真罕見呢。你們為什麼出來旅行？」

漢密斯詢問一名看起來約二十幾歲的年輕男子，他奉命送奇諾離開。

男子難為情地回答：

「這個嘛～做這種事情的，應該不只有我們吧……」

「然後呢？」

「我們啊，是到處回收、交換過去販賣的商品……那個嘛，總之就是『瑕疵品』。因為社長下令說：『以本公司的自尊，絕不允許那種商品大量出現在市面上』。」

「這樣子啊。」

接著奇諾詢問：

「那是什麼商品啊？方便的話可否告訴我呢？」

男子有點煩惱該不該告訴她。

「請妳千萬不要說出去哦。這個嘛，就是這個東西。」

不久他從懷裡拿出一本書給奇諾看。

那本書的裝訂跟奇諾現在放在包包裡的一樣——

《了解血型的書》

封面寫著這個書名。

「嗯？」

對方沒有理會有些訝異的奇諾，以及從外觀看不出驚訝情緒的漢密斯，然後又把書收進懷裡。

「我們是出版社，而出版了這本書，不過是二十年前的事。當時現任的會長因為公司剛創立的關係，於是把這本書列入其中一冊創刊書。是某位醫師根據個人研究而寫的『利用血型分辨對方性格』，不過這內容相當無聊而完全不暢銷，結果只出第一版就絕版了。」

「原來如此。那麼……那本書為什麼會是『瑕疵品』呢？」

奇諾問道。

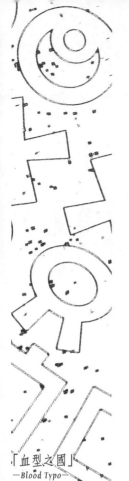

「那是因為，這本書出現了誤植的狀況。」

「誤植……是文字上的錯誤嗎？」

奇諾為了確認而詢問，結果男子點了點頭說：

「沒錯！這本書從一型到零型分成四大類，把該血型的人的特徵一一列了出來，不過——」

「我有種不～祥的預感。」

漢密斯喃喃說道。

「很扯的是，那四個項目的標題順序弄錯了！」

「咦？」「哎呀呀。」

奇諾與漢密斯同時大喊。

這時候奇諾戰戰兢兢地詢問：

「你的意思該不會是，『一型』變成其他血型了？」

「沒錯！本來這本書的項目，應該是從『零型』開始的，筆者當初也是抱持那種想法執筆的。可是，不曉得誰把哪個部分搞錯了，以致於成品是從『一型』開始哦！就結果來說，內容全都不符合，項目全部錯誤！而且更慘的是，我們是在書上市以後才發現！」

「…………」

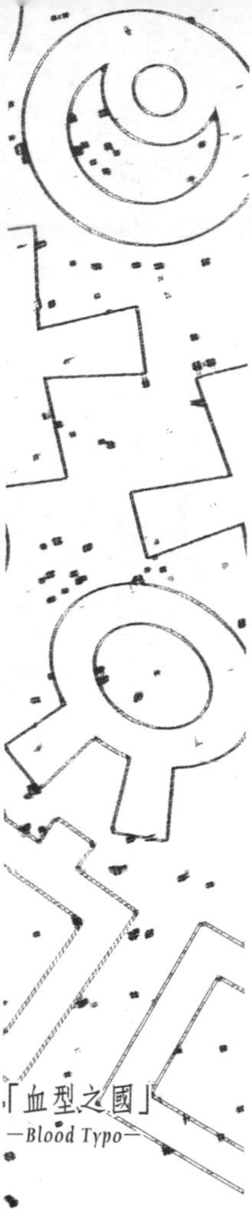

「我有種不~祥的預感耶——」

「因為無法再版的關係，當時不得已只好刊登廣告詳細說明錯誤的部分，還請書店在書裡夾告知傳單。不過正如我剛剛說的，因為書根本就不暢銷，所以也沒接到什麼讀者的抱怨。」

「可是，那本書賣到國外去了。」

奇諾語氣堅定地說道。

「一點也沒錯。書上市後沒多久，就有商人買了二十本並帶到國外。當時公司因為剛成立而忙得不可開交，已經放棄對那二十本書進行訂正。想不到事到如今，會長突然冒出這句話：『那是我人生中最大的污點！除非把全部的書回收或換成修正版，否則我說什麼都死不瞑目！』——這是他在五十天前說的話。」

「因此，你們大家便出來到各個國家旅行啊——」

「是的。因為那個商人有記帳，就留下書以多少錢賣到哪個國家的正確記錄。然後我們的工作就是循著那個記錄，把如果還在的書換成訂正過的再版書。老實說，真的被會長打敗耶。不過我倒是很開心能夠出國旅行，造訪以前從未有任何交流的國家。而下一個要前往的國家是最後一個國家，帳面記錄有五本賣到那個國家。不曉得是否還留著呢……？」

奇諾她——

「…………」

不發一語地看了一下漢密斯。

而漢密斯……

「妳何不直說呢？」

首先簡短反問一句。

然後——

「一型是『為人正直又有強烈的正義感』哦，知道嗎？」

「呼……」

奇諾大大嘆了口氣，然後視線轉向男子。

「我有事想請問一下。不只是問你，可以的話我想問你們所有人。」

男子邊笑邊反問：

「嗯？瞧妳表情正經八百的——妳想問什麼？」

尾聲

「情書之國・a」

—*Confession・a*—

致親愛的凱特

妳好嗎？

出來旅行以後，頭一次能像這樣子寫信。

雖然已經過了兩個季節。

說起來我算是花了不少時間，讓自己的心情沉澱下來。

穿過祖國的城牆，體驗廣大遼闊的世界，對我來說是這輩子的夢想。

因此我吸收各式各樣的技術與知識，為了賺錢也聚精會神地工作。

對妳跟大部分的國民來說，那或許是一種膚淺、愚蠢、浪費人生的行為吧。

但是我，只想要實現自己的夢想而已。

然後我的夢想實現了。

外出旅行至今的日子，對我來說非常美好。

沒有城牆團團包圍的大自然，讓我欣賞到非常美的景色。

當然有時候也會出現惡劣的氣候，進而威脅到我的性命安全。

我在造訪的國家，遇見了各式各樣的人。

有好人、壞人、不可思議的人們。

現在的我，正歌頌著自己的人生。

每天都過得非常美好。

儘管如此——我還是得先向妳道一聲歉。

因為我把摯愛的妳留在故鄉，像這樣獨自外出旅行。

真的非常抱歉。

在此獻上滿滿的愛給我的凱特。

致親愛的凱特

今天，我親眼見證一個國家的滅亡。

我在旅行途中，看到好幾具倒臥在路邊的屍體。那要從一個國家開始說起。

那裡有一個因為氣候惡劣而無法獲取糧食，導致國民陷入饑餓的慘狀，最後滅亡的小國家。

許多被白雪覆蓋的屍體，倒臥在大馬路上。

過去這裡應該曾洋溢著許多歡笑吧。

任誰都想不到，這裡居然有一天會淪落為悲慘的墳場吧。

人生究竟是怎麼回事呢？

看著被白雪覆蓋的嬌小屍體，我心裡是這麼想的。

當我跟妳，在大概這個年紀的時候——

我們在那個村子，受到家人溫暖的呵護，過著自由自在的生活。
我們一直以為人類不可能這麼簡單死去。
甚至沒想過國家會有滅亡的一天。
在空無一人的國家，我不禁有些感傷。
然後，我想起了妳。
我孤伶伶地待在寒冷的場所。不過，我還活著。
然後，我至今仍打從心底愛著妳哦。
我會再寫信給妳的。
在此獻上滿滿的愛給我的凱特。

致親愛的凱特

夏天再度來臨。

今年故鄉應該也很熱吧？

我記得妳並不怕熱，但是我可就受不了呢。

我目前在標高超過三千公尺的高地。

這裡的空氣很稀薄，氣溫已經超越涼爽到達寒冷的程度。

妳相信嗎？

明明是盛夏，我現在可是穿著毛衣哦！

我已經完全習慣旅行的生活。

每天早晨都跟黎明一起醒來，在夜幕低垂的時候就寢。

好懷念過去跟妳在酒吧鬧到天亮的日子哦。
當時喝醉酒的我們幹了不少蠢事呢。
當我們在橋上長吻，結果不慎摔到水池的時候——
我還以為會沒命呢！

那個時候……
我以為我們會一直過著這麼開心的生活。
不曉得從什麼時候開始，
在我的內心裡，出現了必須在「外出旅行」與「和妳結髮共度一生」之間做出抉擇的狀況……

我不知道答案是什麼。
在此獻上滿滿的愛給我的凱特。

致親愛的凱特

我今天被臭罵一頓。

為了妳的事。

我在某家餐廳工作。我做的家鄉菜對這國家的人們來說，似乎是全新的體驗。

我跟餐廳老闆娘的感情很好，在一次聊天的時候聊到我的事情。

正如妳所知道的，我父母早就去世。

當老闆娘問到祖國有沒有人等我回去，我不知不覺就提到妳。

我說：「我們從小一起長大，但是我拋下跟自己有婚約的女子逕自出來旅行」。

聽到我那麼說的老闆娘，不禁大發雷霆。

「你不用留在我的餐廳掌廚了，給我收起圍裙回故鄉去！」

我倆吵得不可開交，而其他員工跟客人卻笑個不停。

後來老闆娘在打掃店內的時候，跟我說了她的往事。

她的戀人，似乎也跟我一樣離開故鄉去旅行。然後就一去不回。

而她持續經營這家店，就是為了等他隨時回來。

然後我向老闆娘道歉。

「那句話留著以後再說吧。」

她邊笑邊對我那麼說。

我想妳應該也很氣我吧。

我願意不斷向妳道歉，真的很抱歉。

不過我，並不後悔出來旅行。

然後，我有一天一定會回到妳身邊。

在此獻上滿滿的愛給我的凱特。

致親愛的凱特

妳好嗎？

我不太好。

不是啦，是我生病了。而且是很嚴重的病。

我原本對自己的身體很有自信的……

但是，運氣似乎不太眷顧我！

我是快要入境某個國家以前生病的。

而且那個國家，對我這樣的外國人還很細心治療。

由於每個國家的治療費跟藥品費都很昂貴，因此他們願意治療我簡直是奇蹟！

這個國家基於宗教的理由，一向抱持「應該幫助有困難的人」的想法。

我很感謝他們，也很感動。

世上怎麼會有這麼親切的人呢？

我決定了。

等我康復之後，將暫時留在這國家服務。

我希望盡最大的力量報恩，用我辦得到的方法！

而且首先，得先讓自己恢復健康才行！

在此獻上滿滿的愛給我的凱特。

致親愛的凱特

我身體的狀況還不是很好。

不過，醫生說我一定會好起來的。

等我出院並報答這國家的恩情之後……

我打算回故鄉了。

我要回到妳的身邊。

凱特啊！

我有好多話想對妳說。

像是我旅行的事情。

還有，我倆的未來。

不過，我已經決定好重逢的時候要說的話。

那就是「我愛妳！」

除此之外沒有第二句話了。

在此獻上滿滿的愛給我的凱特。

致凱特

我完全

使不出力氣

連字

都沒辦法寫

但是唯獨這句話

我非寫不可

那就是我愛妳

請不要忘了我

我愛妳

我愛妳
我愛妳
我愛妳
凱特
凱特
凱特我愛妳
不要忘了我不要忘了我不要忘了我
我愛妳我愛妳
我

「『我』？接下來呢？」

「只寫到這裡為止哦，漢密斯。看起來最後一封，真的是在使不上力的狀態下寫的，只剩下一些稱不上是文字的線條哦。」

奇諾邊回答邊把那封信拿給漢密斯看，然後又摺得整整齊齊的。

接著把疊在一塊的那幾封信，再放回皮革製的側肩包底下的某個口袋。

那是深綠色，尺寸說起來不大也不小的皮包。

因為皮包做得很牢固，並沒有任何破損。

只是有許多小擦傷而已。

奇諾與漢密斯置身在朝陽底下。

刺眼的夏日照耀著草原，載著行李的漢密斯則用腳架立在一棵大樹旁。

奇諾穿著白色襯衫，靠在大樹幹利用樹蔭遮陽。

她一面聽著鳥兒在樹枝間飛來飛去的叫聲，一面看著自己手上的皮包。

「嗯——……這個，會是什麼呢……」

奇諾說出她的想法。

「看樣子這個皮包的主人，也就是寫這些信的人，已經病死了吧？」
漢密斯輕描淡寫地說道，奇諾點了點頭。
「應該吧。這裡面只有最後一封信的摺疊方式明顯不同，而且也沒裝進信封裡。應該是他去世以後，醫院的相關人員把這些當做遺物整理吧。」
「後來不曉得流落到某人手上，並陳列在二手商店裡。這用來抵『治療費』，其實並不多。」
漢密斯諷刺地說道。
「要是購買以前知道那件事，我就不會買了……要是我拿著這皮包到這個人的故鄉，而且遇到熟識他的人，你覺得對方會怎麼想？」
對於奇諾的問題，漢密斯立即回答：
「『是奇諾殺了他，然後搶了這個皮包！』。」
「你也這麼認為吧？根據這些書信的收件地址，這個人的故鄉並不很遠，就在我們前進的路線。這個人似乎是以徒步的方式往反方向旅行呢。」

「那麼，妳打算怎麼做呢？答案只有二選一哦，奇諾。」
「我聽聽看你怎麼說。」
「第一個，儘管是非常中意而買的皮包，但還是埋進土裡不要了。第二個，前往原主人的國家，造訪那些信的收件地址，把信交給那個叫凱特的人。反正信上有寫他生病的事，只要好好解釋，對方應該不會覺得是奇諾殺死他還搶了這個皮包。」
奇諾喃喃地說「說得也是」之後——
「搞不好除了那些信，我會把那個皮包也交給對方，當做是他的遺物。不過……」
「不過什麼？」
「老實說，我不想看到凱特小姐打從心底悲傷的表情。所以就不需要那麼做了。」
「這樣的話，只有把它丟了。」
漢密斯說得很乾脆，但奇諾表情困惑地說：
「話雖如此……這些情書實在讓人很難丟掉。畢竟是他最後的思念。要是能傳達給對方……我希望能替他轉達。」
「不然這樣吧，這皮包就不要丟了，把它掛在這樹枝上讓大家很容易看到，妳覺得怎麼樣？加上這裡是適當露營的地點，要是哪個旅行者發現並看過那些信，大概就會幫妳把它送到凱特小姐那兒。正所謂『天無絕人之路』。」

「……你沒有講錯耶。」

「妳太沒禮貌了。」

「嗯——……」

奇諾煩惱幾十秒以後……

「走吧——雖然我不是神明。」

一人一車行進在濕潤的土地，感受著草叢裡的熱氣。

「這個人為什麼沒把信寄出去呢？既然人在這附近的國家，應該有完善的郵政系統可利用啊。

況且他連收件地址都寫好了呢。」

漢密斯如此問道。

「不知道耶。」

奇諾答道。
「或許，那是我們永遠都不會知道的謎吧。」

「這國家相當大耶，奇諾。」
奇諾與漢密斯置身在喧囂的人潮中。
他們入境的那個國家，是這區域規模最大的。
不僅有許多商人出入，城牆附近也有櫛比鱗次的商店與旅館。而國家的中心部，看得見到處林立著三十層左右的高樓大廈。
「明天到這信上的地址看看……是西區的『弗吉利村』對吧。」
「只希望凱特小姐還住在那兒呢。」
「是啊……假如這些信無法交到凱特小姐手上，這國家知道這件事的就只有我跟漢密斯而已，那有點寂寞呢。」
奇諾騎著漢密斯繼續前進。
在初夏的夕陽下，混雜在其他車輛之中的他們，行進在圍繞著農田的大馬路上。

當他們一進入中心部，馬路的左右兩旁淨是高樓大廈。還有大量被強烈燈光投射的看板，顯得十分熱鬧。光是行進在路上，就接收到各式各樣商品的宣傳資訊。

其中還有……

「妳看那個，奇諾。又是那個人哦。」

是使用年輕美麗的女子當模特兒的看板。

她有著一頭美麗的長髮，全身散發著文雅的氣質，是看起來大約二十歲上下的年輕女子。

她代言的產品有化妝品、服裝、飲料、零食、家電等等，種類非常繁多。

「她的人氣應該很夯吧，到底是從事什麼行業呢？」

「她是歌手哦，奇諾。」

「你怎麼知道？」

「我看交通號誌前那塊看板知道的。」

「……啊啊，原來如此。」

當奇諾在大路口等紅燈的時候，張貼在右邊角落那棟大樓的看板，非常顯眼呢。

那是占了幾乎一整棟樓的大型看板。在夕陽的照耀下，看板上身穿黑色禮服的女子低著頭，表情看起來有些悲傷。

標示在四周的文字是……

「紀念新專輯發售！敲定在國立大廳舉行演唱會！」

緊接著是距離現在還有一段時日的表演日期。

然後，在訂購門票用的聯絡電話上面，被人用油漆在上面寫了「門票售罄！」的字樣。

看板上並沒有標示她的名字。

「這表示她已經紅到不需要寫名字嗎……」

這時候漢密斯從下方詢問那麼說的奇諾。

「奇諾妳怎麼樣？」

「什麼東西『怎麼樣』？」

「要不要當歌手，好好賺一筆呢？奇諾不是滿會唱歌嗎？妳可以穿上綴滿荷葉邊的服裝，當當看邊跳可愛舞蹈邊唱歌的偶像歌手啊！」

「什麼時候摩特車也當起星探了？」

「我覺得這提議不錯耶，可以賺大錢哦？」
「賺不賺錢對我來說不重要，我只想走自己的路。」
這時候交通號誌轉成綠燈，奇諾與漢密斯繼續往前進。

奇諾入住在城牆聽人介紹的旅館，到餐廳飽餐一頓後便回到漢密斯等待的房間。
「我回來了。」
「妳回來啦。」
用腳架立著的漢密斯，坐鎮在房間正中央看電視。在映像管彩色電視機裡面，正在播映熱鬧的酒類廣告。
「咦？我有開電視機嗎……？」
「歡迎妳回來，奇諾。別在意那些瑣事，不然妳會禿頭哦。」
「才不會咧。」

「先不管那個了，聽說等一下那一位歌手將在節目中演唱哦。」

「這樣啊。」

奇諾拿著椅子坐在漢密斯旁邊。

廣告結束後，電視中看似主持人且西裝筆挺的男子直挺挺地說話。

「各位觀眾久等了！那麼，讓我們請這一位歌手為我們演唱。凱特・弗吉利小姐將演唱她最新專輯的歌曲——『見不到的你』。」

接下來畫面切換。

歌手穿著宛如喪服的黑色禮服，低著頭站在舞台上。

當管弦樂團開始演奏緩和的前奏，奇諾訝異地大叫：

「凱特？她是凱特・弗吉利？」

「是的。那就是她的名字，很巧吧？」

「…………」

奇諾沒有回答。

畫面中的凱特開始演唱，用她那高亢清澈又美麗的歌聲。

那是一首悲傷的歌曲。

描述心愛的戀人突然從眼前消失而不知該如何是好的女人心，是非常悲傷的歌曲。

隔天早上，奇諾隨著黎明一起醒來。

她把身上的所有說服者拿出來做拔槍練習並進行維修，再把彈匣的子彈重新填充進去。

接下來她悠哉地沖澡，吃了飽飽的早餐之後——

「對不起，我有事情想請教一下——」

奇諾在旅館的正門口及大廳，調查有關凱特．弗吉利的事情。她問了旅館人員及其他客人，當然沒有人不知道她。

每個人都很仔細地回答奇諾的問題，彷彿在自誇有多了解她。

回到房間的奇諾，把得到的消息告訴漢密斯。

凱特．弗吉利。

年齡剛滿二十一歲。

正好在兩年前出道當歌手。

後來她慢慢嶄露頭角，在去年的這個時候，躍升成這國家的歌唱天后。

她的特徵是平常都穿黑色服裝，自己作詞作曲，總是演唱陰鬱又傷心難過的歌曲。

而且她的個性也有別於一般藝人，非常害羞又保守。

她能在這繁榮又活潑的國家大放異彩，那應該就是她走紅的要因。

加上她姣好的外表，讓她接到許多廣告。

可能是害怕改變形象吧，對於唱片公司及粉絲提出「希望她可以改唱活潑開朗的情歌！」的要求，她一概都不回答。

因此，也有謠傳粉絲不久會對她感到厭倦，人氣很可能會直直落。

「我非常明白了。那麼，有關最重要的事情……」

「啊啊，我也仔細問過了。就是『她的出生地是哪裡？』」

「結果怎麼說？」

「我問過的都告訴我哦，她的出生地是——」

『歡迎來到弗吉利村！人口：二千四百六十七人』

奇諾與漢密斯站在寫了這些文字的看板前面。

在夏季炎熱的陽光下，穿著白色襯衫與黑色背心的奇諾，跨坐在漢密斯上面。漢密斯的後輪左右兩側，則只是裝了黑色箱子。

他們所在的位置是這個國家的西區，放眼望去是一整片恬靜的田園地帶。

「那麼，首先是……」

奇諾打開連村里辦公處怎麼走都寫在上面的便條紙。她的眼睛順著那個方向望去，看到在樹林後方的所見範圍內，有一棟最大的建築物。

「到那裡調查這情書上所寫的地址。如果，那裡真的是那個『凱特・弗吉利』的家……」

「如果是的話，妳打算怎麼辦？」

「該怎麼辦……搞不好凱特．弗吉利本人現在並不住那裡呢。就算找到她的住處，若我們提出『請讓我們跟她見一面』的請求，應該也不會有人讓我們跟她見面。」

「這個嘛，先別煩惱那些事，總之過去看看吧。搞不好對方是截然不同的『凱特』小姐呢。」

「了解。」

奇諾把便條紙收好以後，再次發動漢密斯的引擎。

「不是？」「不是？」

奇諾與漢密斯漂亮地異口同聲說道。

在村里辦公處的玄關，負責應對的中年男子答道。

「是的，根本不是哦。你們把住在這村裡的凱特，誤以為是那個人氣歌手對吧？」

「呃……是的，我們覺得很好奇。」

奇諾暫且誠實回答。

「這麼說，還有其他的『凱特』小姐囉——」

當漢密斯這麼說時，中年男子笑道：

「很遺憾，現在住在村子裡的凱特，叫『凱特．法拉德』。這裡叫凱特的，的確只有她一個人，也難怪旅行者你們會搞錯呢。」
「…………」
奇諾沒有說話。
「這國家的人，沒有把她跟那位凱特小姐搞混而湧進這個村子嗎？」
漢密斯問道。
中年男子又更開心地笑著說：
「啊哈哈！姑且不論以前，現在絕對不會有那種事的。因為這國家的人，全都知道凱特・弗吉利是她的藝名哦。」
「原來如此。」「原來如此。」
「而且，她的出生地的確是這裡沒錯。她出生以後在這裡生活到六歲，之後就一直定居在中央地區。以前她每年都會回故鄉幾次，但現在她的祖父母已經去世，應該不可能再來這個村子了。老實說，因為她變很有名了，我們曾問過她有沒有意思接受『名譽村民』這個稱號，但是——」

「結果怎麼樣？」「怎麼樣？」
「透過她的代理人，我們收到她婉拒的信。上面寫『因為只住過短短幾年，接受這樣的稱號太冒昧了。而且很抱歉擅自使用村名當做藝名』，其實我們反而要感謝她呢。」
「這樣子啊。」「嗯嗯。」
「不過，若沒有發生這樣的誤會，旅行者就不會到我們這種鄉下地方呢！你們難得到這裡，就請到處逛逛看看吧。這兒的風景也美，每種現摘的蔬菜都很好吃哦！」
「我們會的，謝謝你多方面的幫忙。」
「謝謝——」

奇諾與漢密斯離開以後——
「哎呀呀！想不到真有旅行者弄錯人而跑來呢……」
中年男子如此念念有詞，然後走進設在村里辦公處入口的電話亭。
明明自己的辦公桌上就有電話，他卻花錢投硬幣打電話。
中年男子對接電話的男子說話。
「剛剛有個騎摩托車的年輕旅行者造訪這裡，她說她以為凱特．弗吉利還在這裡。這麼報告還可以吧？」

「謎解開了呢，奇諾。」

奇諾在行進中從下方聽到這些話，滿意地點頭回應。

「幸好跑了這一趟。原來那封信的收信對象，不是凱特・弗吉利，而是凱特・法拉德啊。我還擅自想像『戀人離去的凱特小姐，藉著唱悲傷的歌出道』呢。」

「我贊同妳的說法——沒想到事情跟我們想的不一樣。既然這樣，我們到本尊的家看看吧。」

「好啊……只是說，不會有什麼令人開心的報告。」

「奇諾！我們不就是為此來這個國家嗎？預定計劃呢？」

「對喔。」

奇諾騎著漢密斯，朝信上的地址前進。

馬上就找到了那間屋子。

那是四周環繞著寬廣農田的農家透天厝。
有充滿綠意與花卉的庭院，有包覆著薔薇的玄關拱門。在外面也標示了要找的地址跟法拉德的姓氏。
「那麼……」
當奇諾用腳架把漢密斯立起來，輕聲下定決心的時候——
「咦！請問哪位？」
聽到有女性開朗的聲音傳來，奇諾隨即把視線移向那邊。
有張女子的臉從栽種的樹木縫隙探出來。
看起來是三十幾歲的女子，她不僅有豐滿的體型，還散發著親切和藹的氣質，亮藍色的裙子上罩著繡花圍裙。她似乎在整理庭院，雙手都被泥土弄髒了。
「我們是旅行者。我叫做奇諾，這是我的伙伴漢密斯。因為這兒的花開得很漂亮，就停下來欣賞。」
奇諾的話讓女子開心地笑起來。
「天哪，謝謝妳的誇獎！那我辛苦得有代價呢！想不到我們這種偏僻的村子會有旅行者造訪，真的很罕見呢。對了！要不要喝個茶呢？我正打算休息一下！與其一個人喝茶，不如有個聊天的對象會比較好呢！啊，我叫凱特。凱特・法拉德哦！」

「我非常樂意。」

奇諾隨即回答。

奇諾跟漢密斯被帶到面向庭院，通風良好又寬敞的客廳裡。

奇諾隔著桌子與凱特面對面，坐在木製椅子上，漢密斯則以腳架立在旁邊。

對於送上來的花草茶，奇諾跟往常一樣仔細確認過再把嘴湊上。

「非常好喝。」

她誠實說出自己的感想。

凱特花了一些時間，聊自己怎麼把在自家庭院採下的花草製成美味的茶。

她熱烈演說一個段落之後，奇諾把關鍵的問題加入對話裡。

「那個，很冒昧想請問妳一件事。凱特小姐的朋友之中，有人出國旅行嗎？」

奇諾表情僵硬地詢問。

「嗯？沒有耶。」

答案很簡短，凱特想都沒想地回答。

「我的朋友跟親戚之中，沒有人越過城牆耶。」

「…………」

奇諾說不出話。

「是嗎？這國家很少有人出國旅行嗎？」

代替她繼續詢問的漢密斯，以輕鬆的語氣稍微轉移話題重點問道。

凱特還是從容地回答：

「我覺得應該滿多人旅行哦！有相當多人崇拜來到這國家的那些商人，因此越過城牆出國旅行哦！只不過，我就沒辦法了……奇諾，要再喝一杯嗎？」

「咦？啊，好的。謝謝妳——那麼，這村子有人出國旅行嗎？」

奇諾進一步詢問，在奇諾的茶杯倒滿茶水的凱特——

「這個嘛……？我不知道有沒有耶？」

她認真地歪著頭思考。然後……

「不過，雖然這裡是個小村子，但我也不可能記住所有人！我開始老化了嗎？」

如此說道並開心地笑了起來。

「…………」

奇諾沉默了。

「話說回來！這國家有個當紅歌手的名字，跟凱特小姐一樣呢！」

聽到漢密斯說這些話，凱特隨即跟著搭腔。

「沒錯！你說的是凱特・弗吉利對吧！想不到你知道這麼多事情呢！」

「還好啦。因為一進這個國家，就算不想聽都會聽到呢——」

「她很棒吧……我也超喜歡她呢！」

「我們在看地圖的時候順便在村里辦公處問了一下，那個人小時候曾住在這村子，偶爾也會回鄉對吧？」

「對！一點也沒錯！我也曾看過小時候的她！村子舉行慶典的時候，我們還一起玩過呢！因為

這村子年紀較大的孩子，都會照顧年紀小的！當時她是個一點都不起眼的小孩，所以給人的印象薄弱。不過，搬到都市住以後就變漂亮了呢！現在我們全家大小，都是她的粉絲哦！」

「這樣啊——不愧是人氣歌手呢～」

「而且，還發生過『弗吉利村的凱特』這件事，使得我被誤認為是她！因為她出道的時候還沒發表那是藝名，結果搞錯的粉絲還曾寄信跟禮物到我家喲！真是傷腦筋呢——像我這種鄉下的歐巴桑，實在不希望跟那麼美的歌姬相提並論呢！想必她也很困擾吧！啊哈哈哈！」

奇諾一面看著無憂無慮笑著的凱特——

「…………」

心裡一面思考。雖然她一直思考，但是……

「沒有答案……」

「嗯？奇諾，怎麼啦？」

「沒什麼，我在自言自語，對不起——倒是凱特小姐，妳一個人住這裡啊？」

「不。還有我四年前結婚的先生，跟兩個孩子！現在我肚子裡還有個寶寶，明年就有第三個孩子了！今天他們父子三人到水池釣鯰魚，希望能釣到大魚回來呢！」

除了享用花草茶跟點心的招待，奇諾連午餐也一併受到招待。

「我們想到村子裡走走看看。」

她如此說道，才得以脫離話匣子關不起來的凱特。

奇諾一面對送她到門外的凱特揮手道別，一面往外走。

「不是嗎？或者，就是她呢？」

不一會兒她自顧自地問道。

看著裝在箱子裡的包包與信件，漢密斯回答了她的問題。

「這個嘛——信裡的凱特應該指的是她吧。地址也完全符合，無論從哪個角度想，除了她應該沒別人呢。」

「這樣的話……那個凱特小姐，早已經把昔日戀人的事情忘得一乾二淨，與現在的丈夫跟孩子們，過著幸福快樂的日子呢……？」

「或許吧——從上面的墨水狀況判斷，那些信不像是超過五年以上。但上面又沒加註日期，我

也無法妄下定論。」

「是嗎……結果，這個謎還是無法解開嗎……」

奇諾騎著漢密斯慢慢行進。

「跟『預定計劃』……有點不一樣呢。」

「是啊。」

「也就是說，那個謎……真的將伴隨這個包包讓我使用下去嗎……？」

「這個嘛，或許吧。」

「信呢？——已經沒有人會看了耶。」

「還是乾脆燒掉？搞不好他的思念會直達天聽哦？」

「這個嘛，等離開這個國家再想好了……」

奇諾與漢密斯在恬靜的風景中慢慢行進。

「妳是今天去過弗吉利村的旅行者對吧？」

一回到旅館，有個西裝筆挺的男子上前對奇諾他們這麼說。

奇諾他們吃過村里辦公處推薦的好吃鮮採蔬菜，到了下午才悠哉地回到旅館。

在沒什麼人的旅館大廳，被年約三十歲的男子搭訕的奇諾——

「是的。」

簡短又肯定地回答。

「請恕我如此冒昧，這是我的名片。」

男子從懷裡拿出名片並遞給奇諾。

奇諾看過之後再拿給漢密斯看。上面註明了男子的姓名，以及他是唱片公司職員的頭銜。

「哇！難不成你要挖掘奇諾當藝人？讓她當偶像歌手，穿上荷葉邊的服裝，笑咪咪地唱活潑開朗的歌曲，跟老是唱陰鬱歌曲的凱特·弗吉利拚人氣？」

漢密斯打從心底開心地說道。

「咦？不是的……」

男子露出極度疑惑的表情，並搖了搖頭。然後——

「可以占用你們一點時間嗎？有個人很想見你們。原因不方便在這裡說，不過對你們還有那個人都很重要。至於謝禮，到時候隨便你們開價。」

面對彬彬有禮又表情嚴肅的男子，奇諾如此說：

「你是因為知道我們去過弗吉利村，才特地邀請我們跟對方見面對吧？」

「沒錯。」

對用力點頭的男子，奇諾回答：

「看樣子，我們非接受不可呢。」

奇諾他們搭乘男子駕駛的廂型車。

漢密斯是用繩索固定在寬敞的後廂空間，奇諾則是坐副駕駛座。說服者當然是隨身攜帶著。

廂型車朝國家的中心部行駛，不一會兒便進入高樓大廈的地下停車場。

這裡是聚集了手持說服者的保安人員的一棟戒備森嚴的建築物。男子還解釋說，這裡是這國家最高級的大廈。

奇諾與漢密斯跟著男子搭上大型電梯。

不久終於抵達最上層，當電梯門一打開，眼前又出現了保安人員。

奇諾推著漢密斯走在走廊柔軟的絨毯上，然後，他們被帶到窗簾全都拉上又寬敞的會客室。

說想見奇諾他們的人，就在那裡等著。

她從沙發站起來——

「真的非常感謝你們願意前來。」

然後向奇諾他們深深鞠躬。

奇諾與漢密斯一看就知道她是誰。

男子很快把茶端上來之後就離開房間。

在寬敞的會客室裡，只有奇諾與漢密斯——

以及，奇諾他們在廣告看板上看到的女子留在那裡。

奇諾隔著桌子對坐在對面的歌手說：

「初次見面妳好，凱特．弗吉利小姐。我叫奇諾，這是我的伙伴漢密斯。」

「妳好——！天哪——妳本人比照片還美耶！」

把長髮束在後腦，穿著藏青色裙子與白襯衫，打扮十分樸素的凱特．弗吉利，她悲傷的美麗臉龐面對著奇諾他們並微微低著頭。

「初次見面你們好，我要再次謝謝你們，感謝你們願意走這一趟。」

接著開始說明為什麼找他們來的理由。

「我曾跟村里辦公處說，只要有旅行者找『弗吉利村的凱特』，希望能通知我的經紀公司。」

奇諾一面看著直視自己的美女，一面說：

「原來如此，所以我們才會被帶來這裡。」

凱特繼續說道：

「是的，不過你們是初次來這裡的旅行者。請告訴我，你們怎麼會去那個村子呢？」

「……………」

奇諾往下看了幾秒鐘，然後又看看漢密斯。

「妳是為了什麼目的來這個國家？」

漢密斯只是那麼問奇諾。

這時候奇諾並沒有回話，她從沙發站起來，從漢密斯後輪旁邊的箱子裡拿出那個皮包。然後，把它擺在桌上。

她聽到凱特輕輕嘆了口氣。

接下來，奇諾盡可能淡淡地說明這個皮包是怎麼來的。

那是她在旅途中，不久前入境的國家買的。

後來在路途中的草原，發現到幾封藏在裡面的情書。

還有，收件人是「弗吉利村的凱特」這件事。

然後，今天早上造訪了全村唯一叫凱特的人，但是從本人的說法判斷，彷彿過去根本就沒有那樣的戀人，甚至早就不記得有這麼一個人。

凱特沉默不語，用冷冰冰的彷彿人偶的表情聽奇諾說明。

「那些、信……都還在嗎……？」

她戰戰兢兢地詢問奇諾。

「還在，都在那個皮包裡。」

「…………」

低頭往下看的凱特，準備把纖細的手伸向桌子，剎那間還露出魔鬼般的可怕表情。雖然只是短短的一瞬間。

把手縮回膝上的凱特，與奇諾眼神交會。

「奇諾……請把這個包包賣給我！請原封不動地讓給我！」

奇諾還沒回答，漢密斯就半開玩笑地問她：

「這很貴哦——妳願意出多少錢買？」

凱特則立即回應：

「我願意把我現在所有的錢都拿出來！」

這個聲音響遍寬敞的房間。

「…………」

面對被她的氣勢壓過的奇諾——

「成交！需要開收據給妳嗎？」

與仍半開玩笑的漢密斯，凱特拚命拜託：

「拜託！請把那些信賣給我！要錢的話，我可以把我所有的錢拿出來！拜託你們！」

「請妳冷靜一點——那些信我就算拿了也沒用。我想要的只是皮包，只要給我那個皮包，或者跟它差不多大小又牢靠的皮包就可以了。」

「那麼！」

「而且，我也沒打算要求那麼巨額的錢。當然啦，如果是足夠當旅費的金額，我會很開心地收下……不過更重要的是……」

「沒錯沒錯，我們想知道更重要的事情。」

聽到奇諾與漢密斯這麼說，凱特便問：

「那是……？」

奇諾隨即回答：

「就是『謎題的答案』。老實說我也很混亂，如果妳知道所有謎題的答案，就請告訴我吧。」

過了寂靜的十秒鐘，凱特開口說話了：

「我知道了……不過，請允許我先看那些信。」

「咦——可是妳搞不好就這麼不付錢落跑耶——」

奇諾完全不理會漢密斯。

「知道了，請看吧。」

然後允許讓她先看信。

凱特開始閱讀那些信。

她美麗的臉龐像人偶般端正，她只是慢慢追著文字移動眼睛。

即使是看最後一封信，她的表情也都完全沒變。

當她看完所有的信並全部摺疊好，然後又放回桌上。

「好笨的哥哥……」

凱特低著頭，小聲地喃喃自語。

在沉靜的房間裡，那個聲音傳進奇諾的耳裡。

「可以請問妳一個問題嗎？」

聽到奇諾這麼問，凱特隨即抬起頭來。

「可以，請說。」

「凱特小姐，妳認識這個寄信人對吧？」

凱特點頭回應她那個確認的問題。

「他的名字是特歐，出身自弗吉利村。如果還活在世上，是三十歲。大約三年前，他離開這個國家獨自出去旅行。」

凱特用機械般毫無感情的聲音流暢地回答。

「那麼，他這些信到底要寄給誰？他描述的前戀人——信裡的『凱特』究竟是誰？」

「沒錯沒錯！我們想知道她是誰！」

聽到奇諾與漢密斯的話，凱特笑了一下。

雖然是有如花一般燦爛的美麗笑容，但是跟她演唱的時候一樣，夾雜著非常深沉的哀傷。

如果說上午在耀眼陽光下看到的凱特，嶄露的是倍受呵護的花朵般地笑容。那麼在窗簾緊閉的房間裡的凱特，則有如盛開在夜晚的花朵。

「特歐朝思暮想的那個人，是你們上午見過的那位『凱特』小姐。絕對沒錯。」

「是凱特．法拉德？」

奇諾再問一次確認，凱特．弗吉利點了點頭。

「是的。正如這些信裡所寫的，特歐跟凱特．法拉德是同年齡的青梅竹馬。」

「這麼說的話……」

奇諾想了一下。

「那她果然已經忘了特歐先生的事囉？」

「沒錯，這是事實。」

凱特立刻回答。然後——

「可是，這些信件的背後卻有著很大很大的謊言。奇諾跟漢密斯因為不知道那個謊言，才會搞混呢。」

「妳說『謊言』是嗎？」

「什麼謊言！而且，妳怎麼知道？」

在窗簾緊閉的房間裡，歌姬一一回答他們的問題。

「特歐根本就沒跟凱特·法拉德交往過，他們倆並不是情侶。」

「什麼——」「咦？」

「特歐一直在單戀凱特·法拉德。從他懂事的時候，一直到少年時期，甚至於長大成人。但是他們兩人的關係，頂多只是在村裡舉辦活動的時候見見面，然後一起玩的程度。特歐根本就沒向她告白過。對於懦弱，而且對自己的長相沒有信心的特歐來說，他根本就提不起勇氣向喜歡的女子告白。」

「…………」「…………」

凱特·弗吉利沒有理會不發一語的奇諾與漢密斯又繼續說下去：

「一直單戀她的特歐，在村裡生活到十八歲。後來為了上大學才搬到中央地區，然後，他仍然單戀從未說過話的凱特·法拉德。『我是這麼地愛她，總有一天會跟她結為連理的』——沒錯，他是抱持那樣的信念活在世上。每年數度回鄉的時候，他堅信自己會在村子的某處與凱特·法拉德偶

遇，然後她會欣賞特歐的優點並主動對他表示愛意。」

「…………」「…………」

「那麼美好的幻想，後來因為凱特．法拉德結婚而破碎。而凱特．法拉德，對特歐的事……當然早就忘光光了。而發瘋似地苦惱的特歐，最後採取的行動就是逃離這個國家。」

「所、所以……他就出國旅行啊……」

奇諾好不容易開口說話，而凱特．弗吉利極度冷靜地繼續說話：

「是的，特歐離開了這個國家。明明他以前從沒想過要旅行，也沒有那個實力。但是在穿過城門的那一瞬間，想必他的腦子裡，刻意把過去想像成『我跟凱特．法拉德是發誓共度未來的情侶，但為了完成旅行這個畢生夢想，因此不惜拋下她』。」

「…………」

「這些信件就是證據。特歐在旅行的路上，寫了這些信要寄給虛構戀人的凱特．法拉德，雖然這些信根本就寄不出去。為了讓自己沉浸在虛構的過去，大概他對遇見的人都吹噓『我是拋下戀人出來旅行』。不過——」

「因為做了不習慣的事情，所以才病倒啊——」

漢密斯說道。

凱特・弗吉利不發一語地點頭。然後，伸手拿起已經冷掉的茶。

「原來如此……我明白了，謎終於解開了。」

奇諾一面大大嘆了口氣一面說道：

「凱特小姐，妳剛剛喃喃說了『好笨的哥哥……』對吧？」

「咦？——是的。」

凱特有點訝異，但她承認說過那句話，並把茶杯放回托盤上。

「妳……也就是凱特・弗吉利小姐，是特歐先生的妹妹對吧？所以妳才會知道整個事情的來龍去脈。」

對於奇諾的話，漢密斯宛如被點醒般地說道：

「啊——原來如此！我懂了我懂了！謎完全解開了！」

凱特・弗吉利笑了。

她露出優雅的笑容。

「不，並不是哦。」

「妳說不是？」

「我不是特歐的妹妹，我們沒有血緣關係。我們只是同鄉，從小認識而已。」

「那麼……？那麼，妳為什麼——會知道那麼多事情呢？」

「那是因為，我一直深愛著特歐。」

「很訝異對吧？

我一直深愛著特歐。

我從小就是個內向又膽小，而且非常怕生的小孩。

是個運動跟功課都不好，不管做什麼都做不好的小孩。我一直認為自己是那麼差勁的小孩。

即使村子裡的孩子們對所有人都很親切，我也無法融入，總覺得有種疏離感。小時候的我一直對自己那種個性感到痛苦、傷心及厭惡。

而那樣子的我，只肯對比自己大九歲的特歐哥哥敞開心門。

因為他跟我一樣。

我們都厭惡什麼事都做不好的自己，但其實非常非常喜歡自己，只是不知道該如何面對內心那種糾葛，而悶悶不樂地不斷苦惱。

雖然特歐哥哥很沉默寡言，但是他比任何人還要了解我。總是非常溫柔地對待無法跟其他人打成一片的我。

跟特歐哥哥見面、說話，是我小時候最大的樂趣。

即使我後來搬家，我們仍舊會書信往來或見面，一直都保持交流。

在那段期間，我知道特歐哥哥喜歡凱特・法拉德這件事。

當時還不識戀愛滋味的我，曾經寫信拚命替他加油打氣，祝福他愛情順利。

但是特歐哥哥並沒有向對方告白，只是一直把單方面對她的愛意藏在心中。

後來，進入青春期的我終於發現一件事。

就是我打從心底喜歡那樣的特歐哥哥，比任何人任何人還要喜歡他。

可是，我沒說出來。

「情書之國・a」
—Confession・a—

當時我心裡是這麼想的。就算我對深愛凱特．法拉德的哥哥告白，也不可能成功的。向特歐哥哥告白只會造成他的困擾。

所以，我一直覺得特歐哥哥跟凱特．法拉德應該快點結為連理。

不過，事與願違。

凱特．法拉德找到她的幸福與別人結婚，而特歐哥哥則堅決離開這個國家。

我什麼話也沒說。

沒對他說『不要離開』或『我愛你』。

我跟特歐哥哥一樣。

都是不敢表達心意的人。

我一直認為傷心的特歐哥哥從不習慣的旅行回來以後，一定會接受我的。

屆時特歐哥哥會忘掉凱特．法拉德，然後比任何人還要喜歡笑著迎接他回鄉的我。

我相信即使自己沒主動告白、傳達自己的心意，最後依然自然而然就會得到幸福。

我——

我們——

真是太單純——

居然會這麼笨拙？

可是，特歐哥哥已經不會回來了。

我再也見不到他了。

永遠——

永遠——」

用冰一樣冷的語氣淡淡說那些話的凱特‧弗吉利，一度大大嘆了口氣。

然後，忍不住爆發內心的感受。

「我應該說的！

應該對他說『我愛你』的！

「情書之國‧a」

—Confession‧a—

應該對他說『不要走』！
應該哭著抱住他！
應該毫不猶豫地對他說『我愛你』！
好笨的哥哥！
好笨的我！」

最後那句話響徹寬敞的房間，然後消失不見，緊接著說話的，還是凱特．弗吉利。
凱特．弗吉利用像在唸文字的語調，淡淡地說出以下這些話。

「為了打發等待的時間，於是我開始寫歌。
我認為用唱歌的方式可以揮走鬱悶的心情。
當初我只是在空無一人的公園唱歌。
完全沒想到後來會如此大受歡迎。
在決定正式出道的時候，經紀公司問我要不要取藝名。
為了把內心那些不愉快的感情全都吐出來，於是我決定了自己的藝名。

那就是凱特・弗吉利。」

這時候漢密斯詢問說完漫長獨白的凱特・弗吉利。

「如果當時妳表達自己的心意，就不會當歌手了吧？」

「是的。當不當歌手，對我來說一點都無所謂。」

「原來如此。」

漢密斯似乎得到想要的答案，因此沒有再問下去。

奇諾也沒有做任何提問。

「謝謝妳告訴我們這些事。所有的謎終於解開，我們終於了解整個來龍去脈。」

然後——

「凱特小姐，這包包與信件就原封不動交給妳了。」

凱特・弗吉利的臉上露出微笑。

「情書之國・a」
—*Confession・a*—

「對了，請告訴我。」

然後，美麗的她開口問：

「我叫做凱特，這些信是寄給我的對吧？這些是寄給我的信對吧？」

然後奇諾回答她。

奇諾與漢密斯從地下停車場來到明亮的太陽底下，然後來到大馬路上。

「我說奇諾，凱特小姐最後似乎很高興呢。」

「是啊。」

「已經好久沒看到別人那麼開心的笑容喲。」

「是啊，我也是。」

「結果，跟預定計劃有點不一樣呢。」

「是啊。」

騎著摩托車的旅行者離開這個國家以後，歲月不斷流逝。

然後。
當弗吉利村的人口，又多一個人的時候——

「情書之國・a」
—Confession・a—

芙特的生活「看不見的真相」

—Family Picture—

我的名字叫蘇，是一輛摩托車。

我被設計成能夠放在小客車後車箱隨身攜帶，是有點特殊的摩托車。我的車體原本就很小，當龍頭跟座椅摺疊起來就變得更小巧。不過，速度並不怎麼快。

騎乘我的主人叫芙特，性別是女性，年齡十七歲。有著一頭至背部的黑色長髮。

我跟芙特原本屬於某個商人。我是商品，而芙特是奴隸。

但是，這該說是命運的捉弄嗎？後來發生了對我們來說極度有利的事情，因為商人們誤食毒草而全部身亡。

芙特因此獲得自由，我也成為芙特的伙伴。

歷經許多事情而好不容易抵達這個國家的我們，開始在這裡生活。而且又發生許多事情，芙特變成有錢人——但是她對照相愈來愈有興趣，目前正從事接受委託幫人拍照的工作。

而芙特（Photo）這個暱稱就是從攝影而來的，她以前並沒有名字。

「看不見的真相」

—Family Picture—

這是發生在某天的事情。

「蘇！信到了哦！唸給我聽，唸給我聽！」

平常就活潑開朗的店主，也就是芙特，拉高聲調衝進玄關。

她穿著牛仔褲與格子襯衫，長長的黑髮在頸部的位置往上盤，固定在後腦勺。

「好好好，拿給我看，拿給我看。」

我總是像這樣，在透天厝的客廳回答芙特。

會寄到這個家的信，大多是工作的委託信（其餘的都是謝函）。

沒有正常念過小學的芙特並不識字，最近她稍微有在進修，已經能讀能寫一些簡單的單字，但她的閱讀能力還是沒辦法看懂工作的委託信。

芙特露出天真爛漫的笑臉。

「來！」

然後如往常一樣，把開封的信遞到我的大燈前面。

信也不一定非得拿到大燈前面才看得到，因為摩托車的視野屬於全方位。更何況她遞過來的信還上下顛倒，雖然對我沒造成任何不便啦。

信中的文字，我不知道對方到底是怎麼寫的——因為字體好大。跟報紙的頭版標題簡直沒什麼兩樣。

然後我發出聲音閱讀。

「『前略——我有一事想請白楊大道的相館幫忙。請您幫我跟我的家人拍照。至於費用的話，因為我所有的錢有限，只能請您幫我拍一張但沖洗三份。加上時間很緊迫，請您立刻到我家！很抱歉做出如此無理的要求。但是，我不知道該拜託誰好。麻煩您了。您願意接下這份工作的話，就請到我家來。先此致謝，不盡欲言。』——內容就這樣。咦，離我們這裡滿近的耶。騎車三十分鐘就到了。」

這個國家格外遼闊，若開車從這頭的邊境移動到另一頭的邊境，需要花整整兩天的時間。從家裡出發花三十分鐘的車程，算是近呢。附帶提一下，有遠方的客人委託拍照的時候，我們會租小型卡車並做好外宿的準備前往。

「好！那我們等一下就出發吧！蘇！」

馬上顯得幹勁十足的芙特說道。

究竟要不要接受攝影的委託，完全取決於我跟芙特是否同意。

因為這是芙特的工作，照理說她自己決定就可以了。但這傢伙有一段時期沒考慮前後順序，把一大堆委託全吃下來。後來我就負責幫芙特管理她的行程。我可無法忍受唯一騎乘我的人，因為過勞而病倒。

現在還是下午一點，天氣也不壞。而且今天跟明天也沒有要做的工作，後天是這國家的假日。所以接這個委託應該沒問題吧，況且只是拍一張全家福而已。老實說，我也很想在路面奔馳。

「好吧，現在就出發吧。」

「今天天氣不錯呢，很適合拍照。也是適合摩托車行駛的好天氣呢。」

「是啊——」

我跟芙特悠哉地奔馳在沿著農田往前延伸的農路。

天空又藍又清澈，氣溫（對芙特來說）也剛剛好。

芙特穿上在這國家買的綠色夾克，再戴上白色的安全帽。那是人稱飛行員式的安全帽，臉的部分開口很大，還附有透明的鏡片。

她戴上手套，腳則套上確實蓋住腳踝的靴子。

騎乘我的時候，安全帽、夾克、手套跟靴子都是她的必要裝備。這國家雖然沒有硬性規定要戴安全帽，但也不想看到女孩子的臉部或頭部受傷的模樣。

芙特背起裝有攝影器材的背包。裡面有兩架單眼相機，跟兩個交換用的鏡頭。然後是底片、水壺、零食，還有綁在背包外側的三腳架。

背包雖重，但是車體規模小的我並沒有多餘的空間可以綑綁行李，所以也是沒辦法的事。只不過，她事先在背面縫上厚厚的軟墊，以防堅硬的相機在摔車的時候受損。

「蘇我問你，左側那是什麼鳥啊——？」

「喔喔，那是斑鶇。別看牠那個樣子，牠可是候鳥呢。」

「這樣啊……下次我打算拍牠耶，趁牠們還存在於這片土地上的時候！」

「那樣的話，就必須使用比妳目前持有的鏡頭還要長的長鏡頭呢。以前妳不是一直說想買嗎？

我看差不多該買了吧？」
「嗯——我的確很想要那個鏡頭……」
「鎮上的攝影器材店老闆，可是滿心希望妳買呢。畢竟妳是有錢人，想買的話隨時都能掏錢出來買呢。只要拜託一聲，他明天就會笑嘻嘻地幫妳送過來呢。」
「嗯——……如果有很棒的機會我就會買，但是現在我不想太浪費，暫時先不要買。」
「是嗎？反正那是工作用的生財道具，我覺得有必要花這筆錢哦。那算是所謂的『投資』。」
「投資？」
「一開始就從那個部分解釋啊……」
芙特跟我，在路上一面聊天一面持續往前奔馳。然後從出發後正好三十分鐘的時候，我們找到那封信的地址。

寄件處是一家小店舖。

在包圍著農田與雜樹林的道路旁邊，有一間孤伶伶的店鋪。

這一帶的遼闊土地散布著農家，這家販賣食品與雜貨的雜貨店，是為了那些農家而存在。這裡也豎立了「本店有電話」的看板。若要打電話給這個區域的人，就得打到這家店再請店家找對方過來接聽。這家店甚至還兼當郵局。

這家店是二層樓式的建築物，一樓是商店，二樓似乎當住家用。

我跟芙特來到那家店的門口。芙特熄掉我的引擎，為了不妨礙交通，她沒把我停在店鋪正面，而是用腳架把我立在旁邊的停車場。

「你在這裡等一下哦，蘇。」

芙特走進店裡。

「您好——！我是相館的攝影師！」

我不知道店內是什麼樣子，但聽得到聲音。因為摩托車的聽力也挺不錯呢。

「歡迎光臨——啊？相館的攝影師？」

正在顧店的中年女子用聽起來有些困惑聲音詢問。

然後芙特用她一貫的開朗聲音繼續說：

「是的！我受到委託來拍照的！馬上就準備好了！最好是在陽光照得到的地方，在店門口拍可以嗎？啊，該不會要拍照的人還沒到齊？」

芙特毫不客氣自顧自地說話。

「等一下，我聽不懂妳在說什麼……？」

女子的語氣聽起來不再是有些困惑，而是真的感到困擾。

而且這個時候——

「相館？小姐……妳是不是搞錯啦？」

再加上從店裡面走出來的中年男子的聲音，大概是她丈夫吧。

「看樣子妳似乎找錯地址了呢。」

太沒禮貌了吧！信上的地址是這裡沒錯，姑且不論芙特，我這個摩托車怎麼可能會弄錯路呢！

「呃……我有收到信，原則上地址是這裡沒錯……」

當態度堅決的芙特還沒來得及往前探出身子回答的時候，又有人從樓梯走下來了。

然後——

「啊——爸爸！媽媽！那個人！是我請她來的！」

寄信人的聲音登場了。聽他的聲音是年紀還很小的少年，從他說話的內容來判斷，是這個家的兒子吧。

「攝影師小姐！我太高興了！妳終於來了！」

「你好！我是芙特！我依照委託來幫你拍全家福！」

相較於開心的這兩個人……

「什麼？拍全家福……？」

「我們三個人拍嗎……？」

母親與父親露出驚訝的表情發出那樣的聲音。

這個家的兒子則對芙特說明原因。

「我再過不久就要到遙遠的城鎮念書，暫時得跟父母親分開。所以，我想要我們三個人一起合拍的照片！至於費用，我有努力把零用錢存下來，所以可以用那筆錢支付！」

原來如此，很孝順的兒子呢。

至於委託書上註明「照片要沖洗三張」，應該是希望父母親也能有這張照片吧。在這國家的

「遙遠城鎮」，的確是非常遙遠，不是那麼簡單就能回來。

為了以防萬一先聲明一下——相機在這個國家算是高級品。買相機就跟買高級汽車一樣，有時候要花上高額的金錢。

對一般老百姓來說，只有遇上幾年一次的人生大事才有機會拍照。甚至有許多人從出生到現在，都還沒看過自己的照片。跟全體國民都擁有相機的國家比起來，一張照片的價值對他們來說是完全不同的。

因此——孝順的兒子突然提出這樣的要求，照理說為人父母的應該會非常感動，為了慶祝兒子即將走上人生的道路，將他們笑中帶淚的模樣收進相機的取景窗，而芙特的工作也能快快完成。

原本芙特是那麼想像的……

「我……不喜歡。我不喜歡拍照。」

父親首先那麼說，做出拒絕的反應。

「我也、該怎麼說呢……還是別拍了。」

母親也用明顯厭惡的聲音說道，結果跟芙特預期的完全不同。

「這怎麼可以！爸爸！媽媽！以後就沒有機會拍了哦！而且這個人願意用很便宜的費用幫我們拍照耶！」

拚命說服拍全家福的兒子，與依舊頑固拒絕的雙親持續爭執好一陣子。

他的雙親說：「讓人拍照感覺很不舒服」、「聽說靈魂會被相機吸走」、「雖然費用便宜，但也要支付相當高的金額」，甚至還不惜說出「就憑她這個小女生，哪可能拍出好的照片」這種話。

有關芙特的拍攝技術，我是可以掛保證的。但是像這樣在店門口就遭到阻止，我根本就插不上嘴。芙特對自己的技術也不敢回嘴，妳應該對自己要有點信心啊。

「如果你真那麼想要拍照，那就你自己拍吧。洗出來再擺在家裡吧，就這麼決定了。」

「那樣就毫無意義啊，爸爸！一定要我們三個人一起拍啦！」

「總之，我不想拍！老婆，店暫時讓妳顧一下。」

父親打斷兒子的話以後，便咚咚地直接上樓去。

「我也不喜歡拍照。既然你爸爸都那麼說了，就你自己一個人拍吧。還有，你的視力不好，就不要再寫信了。」

他的母親也那麼說，因此爭執算是單方面結束了。

經過短暫的寂靜——

「那個……」

現場傳來芙特不知所措的聲音。我心想，「妳該不會不知道該怎麼辦，決定不接這份工作就落跑了」，不過……

「先出來外面吧，我們到外面談一下。」

芙特居然說了這樣的話。要他暫時從父母親面前離開，而我也有話想跟他說。哎呀呀，想不到芙特能做出相當冷靜的判斷呢。

兒子同意芙特的提議，我聽到他們兩人走出店外的腳步聲。腳步聲不斷接近，最後芙特停下腳步站在我旁邊。

「這是我的摩托車兼伙伴，他叫做蘇。蘇，這一位是我們的委託人。」

我看到了我們的委託人。

把手撐在店舖牆壁的，是年約十二歲的少年。他的身高以這個年紀來說，算很高大。體型纖

瘦，留了一頭金色短髮，而且臉上戴著墨鏡。

在這國家的鄉下地方，而且這個年紀的少年還戴墨鏡，的確算罕見。但我馬上知道為什麼。

「摩托車你好，我的視力非常不好，很抱歉必須戴著墨鏡。」

原來如此，這名少年有嚴重的弱視。手之所以撐著牆壁，是為了掌握自己所站的位置。

「蘇！委託人的父母親——」

芙特正準備開始說明事情的來龍去脈，但是被我打斷了。

「我全都聽到了哦，他們極度厭惡拍全家福對吧？」

「沒錯！怎麼辦……？」

「被拍的本人那麼厭惡拍照，根本就拿他們沒辦法啊？還是說，在兩人的脖子上套繩子，硬把他們拖過來拍照？」

「嗯——……應該是不可能吧……」

芙特非常失望，在她旁邊的少年也很失望。

於是我詢問少年。

「距離你離開這裡，應該剩沒幾天了吧？」

「是的，我三天後的早上就要出發了——」

三天後啊，那時間上滿緊迫呢。

「我將進入國立盲人學校就讀。我的眼睛處於隨時失明都不足為奇的狀況。我父母親說我大可以留在店裡幫忙，而且未來可以雇個店員，屆時我只要指揮他工作就可以了。但我不喜歡那樣。我希望能夠獨立工作，因此想取得按摩師的執照當作將來的工作。」

原來如此，為了不向身障的問題屈服而希望能獨立養活自己，有這樣的目標的確是件好事。更好的是國家還從旁輔助呢。

「他要去上學啦？」

我向歪著頭感到不解的芙特簡單解釋什麼是盲人學校之後（芙特生長的國家並沒有那種設施），我再度詢問少年。

「這樣的話你得住校對吧，難怪會想要全家福呢。」

「是的。而且，我的眼睛是這種狀況，連自己父母的臉都無法看清楚。一想到能夠看到照片，就很期待……但是我沒想到爸爸跟媽媽，會那麼討厭拍照……」

「這個嘛，還是有很多人思想很傳統哦。」

「可是，現在該怎麼辦才好……？」

少年非常煩惱。

「怎麼辦……？」

芙特也很煩惱。

我是覺得芙特大可以說「既然這樣就無法完成您的委託」，然後就打道回府。但這傢伙並沒有那麼做，還跟著一起煩惱。

沒辦法，這時候我向他們提議。

「首先，若只拍少年的話，馬上就可以拍成。」

兩人點頭贊同我的說法。現在馬上拍的話，鐵定沒問題的。

「但是，那樣的話，你們倆一定不滿意吧？」

「沒錯。我說什麼都想要我們全家三個人站在一起拍的照片！而且要帶著笑容！」

這個嘛，一般的全家福都是那樣呢。芙特也說：

「不那麼拍不行！非得是委託人能夠在學校，驕傲對大家說『這是我最自豪的家人』的照片才行！」

我想也是呢。

「既然這樣，只好採取最後的手段了。那就是偷拍。」

「偷拍？」「偷拍？」

兩人完美地異口同聲說道。

芙特問：

「可是要怎麼偷拍？我一站在前面，他們就會跑掉吧？若隨便按快門……又可能拍不好……」

雖然是詢問，但她自己也想好答案了。

「芙特，妳回頭看一下。店鋪前方六十四公尺處是一片雜樹林對吧？妳在那邊立好三腳架躲在那裡啊。」

「啊——原來如此……可是，那麼遠的距離沒辦法拍照哦？影像會糊到臉都看不清楚呢。」

「能拍的，只要買長鏡頭就行了。」

「啊——……」

「再也沒有這麼好的機會，對吧？」

兩天後的早晨。

我跟芙特躲在雜樹林裡。

在雜草叢生，還有蟲子飛來飛去的綠意中——

「加油哦，芙特。」

我躲在樹幹粗大的樹底下。

「我知道！機會！只有一瞬間對吧！」

幹勁十足的芙特坐在小張的摺疊椅上，從三腳架上的相機取景窗窺視前方。

像球棒那麼長的長鏡頭，是前天早上相機器材店的老闆一面露出噁心的笑容，一面拿給芙特的珍藏品。

這個嘛，因為價格足以匹敵這國家一般人的年收入，也難怪他會笑。

因為鏡頭又大又重的關係，三腳架撐著的是鏡頭，相機則接在後面。

若用這個鏡頭拍攝，就能夠把位於數十公尺遠的三個人，宛如就在附近似地拍攝。

芙特昨天還花了一整天的時間，練習怎麼用這個鏡頭拍照。

今天早上像是搬金塊似地把它裝入鏡頭箱裡搬運，憑芙特當然背不起來，因此她借了小型行李箱。然後開著車子在黑暗中前進，並成功地悄悄躲在這片雜樹林裡（順便一提，為了攝影必須忍受的髒污與辛苦，芙特完全不厭惡）。

芙特用綠色的布把相機與鏡頭，還有自己的頭蓋起來，但手還是緊緊握著快門線（用來按快門的電線）。

「好了，隨時放馬過來吧……」

她宛如狙擊獵物的獵人，眼睛閃閃發亮。這個嘛，射擊跟拍照說起來還滿像呢。

芙特把相機的曝光值設定好，焦距也照預估的調好了。

當少年順利把父母親帶到店門口時，應該能拍到臉部非常清楚的照片。

只不過，無法確定臉上是否掛著笑容。

就這樣，我們動也不動地等待三個小時。

「喂！」

我簡短喊了一聲。

「唔！」

看起來有些疲憊的芙特伸了個懶腰，再次把眼睛貼在取景窗。

店鋪的鐵門往上推開。

接著走出來的是那名墨鏡少年。

他花了點時間固定鐵門，再打開窗戶讓空氣流通。

「…………」

望著取景窗的芙特跟我，動也不動地觀望——這個嘛，我本來就無法靠自己的意志做動作——

然後少年的身影消失在店裡面。

失敗了嗎？就在我跟芙特這麼想的下一瞬間。

少年帶著他的父母走到店鋪外面。他的父母穿著家居服，但沒有任何懷疑地跟少年一起走出來

——

「不行……」

我聽到芙特的嘆息聲。由於母親是從少年後面走出來，重疊的三人是成不了照片的。

接著，少年突然開始做體操。他時而轉動手臂，時而扭動腰部。

他的父母也邊笑邊開始陪他做體操。為了不撞到對方的手，三人當然就往旁邊站成一排，這個作戰計劃相當不錯。

「好極了！」

隨即傳出芙特按快門的聲音，以及相機自動捲底片的聲音。

三人繼續做晨間體操，芙特也不斷拍攝。

不久體操結束，三人開心地排排站——

「哇～太棒了！」

芙特拍下了那一瞬間。

墨鏡下閃著雪白皓齒的少年。

還有他旁邊一臉想說「你沒頭沒腦的在做什麼啊」的父親的笑容。

還有在另一邊，一臉想說「可是，好開心哦」的母親的笑容。

這些應該都收進一格的底片裡吧。

當三個人的身影消失在店裡，芙特回頭轉向我。

「蘇！成功了喲！」

她濕著眼眶說道。

不曉得神經大條的芙特是否發現到一件事——

當我看到走出店舖外面的雙親那一瞬間，我終於知道了，終於知道是怎麼一回事。

我知道那兩個人為什麼會那麼討厭拍全家福。

後來，我們很快把東西收一收就離開。

芙特努力把行李搬上卡車，把我騎到載貨台上再用繩索固定好。

我們連忙趕回去，到常利用的沖印店沖洗照片。雖然碰到假日，但昨天我們硬要店家幫這個忙，而且還答應會多付費用，沖印店才答應幫忙沖洗照片。

同時還請沖印店把拍出來的照片各加洗五張。若想要把照片交給明天出發的少年，等沖洗出來再挑選適當的照片加洗，時間上很可能會來不及。

結果，這次的工作格外花了不少錢。

「照理說應該有拍到喲——！好期待哦——！」

但芙特對多花錢的事並不在意。

那天傍晚，我們收到沖洗完成的照片。

有許多三個人做體操的照片，還有三人在最後排排站，並露出自然笑容的最佳全家福。

「成功了！成功了！成功了！成功了！成功了！」

芙特對自己順利拍下照片這件事，開心地跳上跳下的。

「時間上還來得及哦！今天過去把照片交給他吧！」

她隨即抓起安全帽。

「等一下，我有話跟妳說。」

我叫芙特先坐下來，然後——

「妳看過照片沒發現到什麼地方怪怪的嗎？」

「嗯？——啊啊，我知道！這長鏡頭太厲害了！幸好有買！」

「不是啦，那也是沒錯啦……」

這樣不行，只好跟她講白了。

「妳仔細看最後一張照片，那個少年怎麼看都跟他父母親不像吧？」

是的。

少年的外表，跟他父母親明顯不同。

少年是金髮，但他的父母親是棕髮與黑髮。

少年的肌膚白皙，但父母親是小麥色。

我一瞬間就明白這是怎麼回事，這名少年跟他父母親並沒有血緣關係。

芙特仔細盯著照片看。

「經你這麼一說，的確是呢。」

關於那一點她很乾脆就接受。

「可是，就算沒有血緣關係，孩子仍是孩子，父母仍是父母啊——！」

她不但毫不在意，還以無憂無慮的笑臉說道。

不……這個嘛，反正每個人都有他的看法。

「若那個少年的視力正常，應該早就發現了吧。可是——」

「呃……那個人不知道這件事嗎？」

「從他父母那麼抗拒拍照的反應判斷，不知情的可能性應該很高吧？而且，只要把照片拿給他看，應該就會看出來了吧？而他的父母就是害怕那一件事發生。我要說的是，我們輕易揭發那件事妥當嗎？現在的話，還可以騙他『沒拍到適合的照片』，不要把照片拿給他。妳打算怎麼做？」

聽到我的詢問，芙特立即給了我答覆。

隔天。
在少年出發迎接新人生的早晨。
在萬里無雲的晴空下，我跟芙特花三十分鐘的時間抵達店門口。
芙特背的包包裡，有一台相機跟裝在信封袋裡的大量照片。
可能是在玄關聽到我的引擎聲吧，少年開心地從店裡走出來。
「芙特，蘇！」
今天他穿的是有點時尚的夾克，是準備迎接新人生的盛裝。
「照片好了對吧？」
他的手撐著店鋪牆壁，墨鏡下浮現著滿臉的笑容。也難怪啦，因為芙特答應過他一旦失敗的話，就不會拿照片過來。
「是的，好了哦！可是——」
「可是什麼？」
「我想先跟你的父母親見個面，我想為偷拍的事情向他們道歉。請讓我跟你的父母親單獨說一下話。」

芙特語氣堅定地說道，少年也明白她的意思。

「知道了，我會暫時待在店鋪後面。」

芙特把我留在店門口，獨自一人走進去。雖然我想叫她讓我也一起進去，不過，這時候就交給她處理吧。

「咦？攝影師小姐……？」

「嗯？啊啊……」

少年的母親與父親馬上察覺有什麼不對勁，於是發出聽起來不太歡迎芙特的聲音。

「請你們看一下這個。」

芙特從背包與信封袋拿出照片，我聽到她把照片攤在桌上的聲音。還聽到兩人訝異地屏住氣息的聲音。

兩人還沒說話以前，芙特先出聲了。

「很抱歉偷拍了你們兩位！還有，這些照片我還沒拿給你們的兒子看！我覺得有必要先拿給你們看！」

「…………」「…………」

兩人沉默了好一會兒。

「我們沒讓他上學，還請村裡所有人幫忙的……想不到會因此而曝光……」

母親說了宛如咒語般的話，想必她內心非常痛恨芙特呢。

「我現在非常明白，兩位為什麼會那麼厭惡拍照了。」

「那麼，如果我們反對的話，妳可以不把這些照片拿給我兒子看嗎？小妹妹。」

父親則說出那樣的話。

從他充滿期待的語氣判斷，可以非常了解這兩位做父母的，說什麼都想隱藏這件事呢。

然後，芙特……我的主人開口說話了。

「不行。」

「什麼？」「什麼？」

「我還是會把這些照片拿給你們兒子看，這是委託人拜託我做的工作。我只是做了自己份內的工作。」

「……」「……」

「剩下的，就看你們想怎麼做了。」

芙特直接對應該完全愣住的兩人這麼說：

「我很喜歡拍照，但照片什麼事也辦不到。照片不會迴避問題，照片無法傳達真相。照片，什麼也辦不到。能夠做些什麼的——一直都是人類。」

芙特跟我，在店門口——

這個家的兒子拿著一張全家福靠近眼睛，幾乎都快碰到墨鏡。他的父母也一直注意他的舉動。

想必少年是人生中頭一次仔細看自己的模樣，還有他父母親的模樣呢。

在這七分四十二秒裡，少年不發一語地看著相片。但是對於表情有如參加喪禮的雙親來說，想必覺得有如七小時那麼漫長呢。

結果這兩個人，並沒有用武力阻止說要把照片拿給少年看的芙特。他們不逃避嗎？還是說，不知道要逃避呢？

少年好不容易把照片拿離開眼睛，他首先對芙特說話。

「芙特！我非常開心！會把它當做我的寶物的！非常謝謝妳！」

「不客氣！」

雖然這裡有四個人在場，但笑容滿面的兩人與表情沉重的兩人，是非常好的對比。

笑瞇瞇的那個人，轉頭面對表情跟自己完全相反的兩人。

「爸爸！媽媽！我有生以來頭一次看到你們兩個的笑容，真的好幸福哦！未來到了學校，我會努力學習的！」

「…………」「…………」

兩人對他的反應感到不知所措。

照理說看過照片，就可以看出自己跟父母親的模樣明顯不同。

他們或許跟我一樣，想了各式各樣的可能性吧。

第一個可能性，少年早就知道有關自己（可能從誰的口中得知）的事情，於是從容不迫地說謊。不過，這個機率有點低。

第二個可能性，就是他對自己跟父母親長得不像這點，完全不覺得不可思議，因此發自內心地感到喜悅。雖然不無可能，但他們的長相差異這麼大，說沒看出來未免太不自然了。以這個少年的聰穎，那個可能性應該很低呢。

既然這樣——

剩下的那個，可能性應該最高。

也就是說，他早就看不見了。視力已經惡化到連那張照片都看不到了。

天哪！

芙特想讓委託人看到照片，還頭一次達到目的的工作，結果永遠都沒完沒了啊。

「你……」

母親察覺到那點，因此難過得說不出話。

「啊啊……」

父親也馬上了解怎麼回事而瞪大眼睛。

「太好了！」

只有芙特還不知道怎麼回事。

我開始煩惱該不該把這件事告訴她。

這心境跟少年的父母是一樣的。

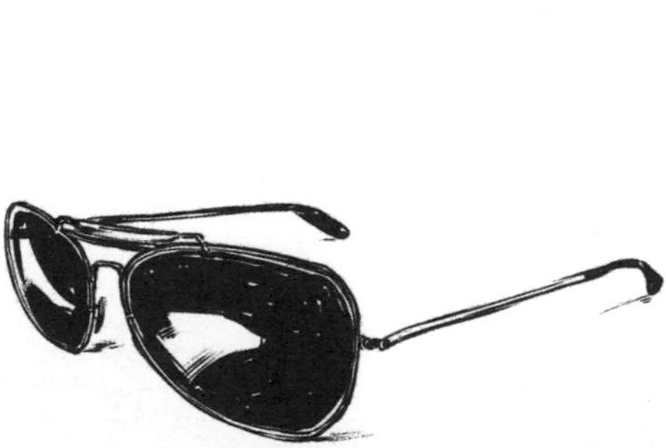

芙特的生活
「留下的事物」
—Return—
ポプラ通りの写真屋です

芙特的生活「留下的事物」

—Return—

我的名字叫蘇，是一輛摩托車。

我被設計成能夠放在小客車後車箱隨身攜帶，是有點特殊的摩托車。我的車體原本就很小，當龍頭跟座椅摺疊起來就變得更小巧。不過，速度並不怎麼快。

騎乘我的主人叫芙特，性別是女性，年齡十七歲。有著一頭至背部的黑色長髮。

我跟芙特原本屬於某個商人。我是商品，而芙特是奴隸。

但是，這該說是命運的捉弄嗎？後來發生了對我們來說極度有利的事情，因為商人們誤食毒草而全部身亡。

芙特因此獲得自由，我也成為芙特的伙伴。

歷經許多事情而好不容易抵達這個國家的我們，開始在這裡生活。而且又發生許多事情，芙特變成有錢人——但是她對照相愈來愈有興趣，目前正從事接受委託幫人拍照的工作。

而芙特（Photo）這個暱稱就是從攝影而來的，她以前並沒有名字。

「留下的事物」
—Return—

這是發生在某天的事情。

「我想拍雪景！」

這個家的主人，這家店的主人，也就是芙特——突然站起來這麼說。

因為晨間廣播的新聞，報導北方山地已經開始積雪了。我們居住的中央區域還是秋天，仍處於楓葉正紅的時期，因為這國家的領土大得嚇人。

芙特截至目前為止已經拍了好幾張風景照——不對，是拍了好幾十張好幾百張，但是還沒拍過雪景。

「山上的雪景一定很棒哦！蘇！我們馬上過去吧！」

芙特說得既輕鬆又開心，不過——不過等一下。事情沒有妳想的那麼簡單。

但是芙特午餐還沒吃完就抓著掛在玄關的相機，準備衝出家門。

「妳先坐下來，然後邊吃飯邊聽我說。」

「嗯。」

芙特「咚」地坐在椅子上，繼續吃午餐。

擺在小桌子上的今日菜色，是吐司裡夾了起司、火腿跟萵苣，且稍微塗了沙拉醬跟芥末醬的三明治。還有一顆蘋果跟茶。

與其說是今日菜色，應該說今天又是吃這個啊。

芙特已經是有錢人，大可以每天叫外賣或者吃豪華大餐，但這傢伙就是這樣。雖然我認為她應該趁年輕的時候多攝取點營養，不過……先不談那個了。

我在客廳某個區域，靠近入口大門的位置，而且以腳架立在桌邊，這是我一向所在的位置。

「我能體會妳想拍雪景的心情，也並不反對。」

卡滋卡滋，嗯嗯。

芙特邊咀嚼邊點頭。

「可是，我想妳應該知道，要在雪路騎著我是不可能的事哦？不過，如果只是稍微積雪，倒還能夠兩腳巴在路面往前進——但是結冰的話就絕對沒辦法了。」

卡滋卡滋，嗯嗯。

「因此必須像往常那樣，只能夠租卡車去了，這是我的提案——芙特，我想妳差不多該買一輛卡車了。」

卡滋卡滋，嗯嗯，嗯？

「買？買卡車？我們嗎？」

芙特停住用餐的手，以動詞、受詞、主詞的順序反問我。

過去我們出遠門又攜帶重物的時候，都是到鎮上租小型卡車，但最近租卡車的次數愈來愈多了。仔細精算的話，那些錢差不多可以買一台自用的卡車了。

「沒錯，要買。如此一來，就沒必要每次都跑到鎮上租車。只要把整套攝影器材拿出來，再把我送上載貨台，就能隨時到任何地方了。到了目的地再把我放下來，騎著我到處跑。是不是很動心呢？」

「嗯——你說的挺有道理呢。」

芙特一面思考，一面吃著切成八塊的蘋果。連皮吃下去是她一向的習慣。

「投資、是嗎~如果工作上有需要的話，沒辦法，該買的還是要買呢。」

芙特雖然說了一句「沒辦法」，但她明白有了卡車要外出攝影會變得十分輕鬆，因此看起來有些開心。

反正，找到花錢的理由，就沒必要再錙銖必較了。

「知道了！好！我們買小型卡車吧！然後，出發去拍雪景！」

因此——

隔兩天後，全新的生財工具送到「白楊大道的相館」。

以這個國家來說，那種車款的小型卡車，主要是給富裕的農家使用的。

之所以會大膽加上「富裕」這兩個字，是因為這國家大部分的農家，都還是用牛、馬或者驢子拉車，自用車仍屬有錢人的東西。

我們買的是兩人座的小卡車，載貨台可以荷重大約四百公斤重的物品，當然連我也載得動。

車底的零件也都做得很牢固，可以跑各種崎嶇的道路。除了坐起來並不舒服的缺點，倒是一台非常方便的車輛。

這是一台藍色塗裝非常耀眼又閃亮亮的新車。雖然也有中古車可買，但因為大多都用在農務上而被操得很慘，就沒列入考慮了。

「嗯——好可愛，好可愛。以後請多多指教哦！對了，要不要幫它取個名字？」

「要取是可以啊，只不過就算妳對那傢伙說話，它也不會回話哦？」

「是嗎……那就不要取了。」

「……謝謝妳。」

後來芙特把我弄上小型卡車的載貨台，再用繩索牢牢綁住，以防我被震倒，接著就是跟她一起不斷試車。

畢竟這是連農田旁邊的小路都能行駛的小卡車。對於曾經花十五天的時間，開著用來橫越大陸的大型卡車來到這國家的芙特來說，這算是小CASE呢。

等到完全習慣怎麼駕駛，在悠哉兜風的時候，我對芙特說：

「對了芙特，反正有這一台卡車了，就順便用它替相館宣傳吧。」

「宣傳?怎麼宣傳?」

「別問那麼多,總之妳等著看就是了。我們直接到鎮上,下一個十字路口右轉。」

就這樣,我請鎮上的汽車烤漆行在卡車兩邊的側面寫下這些字樣——

『白楊大道的相館』

下方還有委託信的收件地址。

「這樣的話,只要開車在路上就能順便宣傳呢。」

「蘇!太厲害了!你真是天才呢!」

這個嘛,我雖然不笨,但跟天才比起來也有段距離。

只不過我覺得很不可思議的是,這國家的車輛完全沒有類似這樣的宣傳文字。

「好!出發!」

在芙特突然說想拍雪景的幾天後的早晨。

「好啊,說走就走。」

於是我們往北出發。

芙特開著載著我的小型卡車，載貨台上除了我以外還有許多箱子。

堅固的鐵箱裡，裝的是一整套的攝影器材。

有幾台高級的單眼相機、幾個鏡頭、三腳架與大量的底片。為了防止被偷走，用了鐵鍊跟鎖頭把那些固定在載貨台上。

除此之外，還有芙特用來在駕駛座睡覺的睡袋啦，毛毯啦，不需要在半路上購買的食物與水等等，把這趟旅行搞得像是要大遠征似的。

芙特把黑色長髮綁成一條麻花辮，讓它垂在身體前面。

服裝則是卡其色的厚布料長褲配上棕色的羊毛衣，外面再套一件附有許多口袋的攝影用背心。跟往常一樣，是完全不性感的打扮。因為要去雪地的關係，還準備了手套、毛線帽、冬季長靴，以及塞了羽絨的防寒衣。

「今天天氣不錯呢——是適合拍照的好日子呢——」

小型卡車在冬天的朝陽下，行進在葉子幾乎都掉光的白楊樹夾道的道路上。

我從載貨台，隔著駕駛座後方微開的窗子跟芙特說話。

「要走的路我全都記得，該轉彎的地方我到時候會跟妳說。若開車開累了，要馬上說哦。」

「知道了。要是半路上我想拍照，可以停一下嗎？」

「可以是可以，但要是拍太多照的話，一旦底片用光就拍不到妳想要的雪景哦。所以千萬別忘了優先順序。」

「嗯，說得也是。知道了。」

於是他們就在早晨出發前往目的地。

途中曾停車拍了幾次照，並且一度休息吃飯，等到好不容易抵達降雪山區的山腳下，已經是傍晚了。

這個國家還真的有夠大呢。

這天晚上——

「呃——其實卡車駕駛座就夠我躺了啊！而且太浪費錢了啦！」

「別那麼多廢話，找間旅館住就對了！妳可是開了一整天的車耶！鐵定比妳想像中還要累。」

「我之前還連續開了十五天耶？」

「那屬於緊急狀況。明天起就要到寒冷的雪地拍攝，妳把自己搞到那麼累能拍出什麼照片？」

我們花了一天的時間，北上走了相當長的距離。到了降雪山區附近，溫度就變得相當冷，夜晚的氣溫將近零度以下。我好不容易逼想省錢的芙特住旅館。

旅館的老闆娘懷疑年輕的芙特是否真的有帶錢，看樣子她可能以為芙特是哪裡的小員工，從職場偷了卡車跑出來。

在我提議先付旅館的住宿費後，對方才終於願意讓我們入住。其實，芙特可是排行前三名的有錢人，要是她認真起來，是有能力把這整間旅館買下來的呢，不過她還是別知道的好。

旅館面向道路，房間的玄關前方是停車場。芙特停好小型卡車後，就讓我跟攝影器材進房間。

芙特吃完帶來的麵包以後，就在床上一面保養相機一面說：

「好期待哦——明天要早點起床喲！今天我一點睡意也沒有！」

「是是是。倒是明天有沒有打算去哪裡？反正雪景在前面的路線隨隨便便都拍得到哦。」

「這個嘛——」

「留下的事物」
—Return—

芙特拿出地圖，然後指著位於山路前方的某個村子說「這裡！」

我記得在山地的正中央，的確有象徵村子的標記與名稱。

「既然在這麼棒的地方有村落，我當然想把它拍下來！」

的確沒錯，在這麼偏僻的山區居然會有村子。

地圖上的等高線間隔格外狹窄，所以表示那兒有險峻的山谷。地圖上的直線距離看起來並不遠，但道路卻蜿蜒曲折。證明那就是山路。

「知道了，妳開車要比過去更加小心，我會在必要的時候給妳指示。」

「嗯！」

芙特的回應一向都很有精神。

隔天上午。

我們正在俯瞰白雪靄靄的村落。

「好美哦——！真的很美呢，蘇！」

大為感動的芙特拚命拍照。

「沒錯，這景色相當美呢。」

仍在小型卡車載貨台的我則如此回答。

這裡是山頂。

我們延著積雪的道路往上開到這裡，也是最高的地方。這裡道路變得寬敞，形成眺望景致不錯的瞭望台。

天雖然陰陰的，但沒有下雪。大地跟天空，全被染成白色的世界。

小型卡車的車輪早就加裝上鐵鍊。

芙特開著這台卡車，緩慢又小心翼翼地爬上易滑的雪路。就算有什麼萬一，也不能讓新買的小型卡車在這裡拋錨。因此花了相當多時間爬山路。

「嗯——可愛！美麗又可愛！」

開車的疲憊彷彿消失似的芙特，在載貨台上立好三腳架，透過長鏡頭不斷拍攝村子。

正如芙特所說的，村子很可愛。

因為從上往下俯瞰的關係，所以看得非常清楚。狹小的山谷裡，有五十三戶不算太大的人家，以直列的方式排列。

用來抖落積雪的六十度尖角屋頂，像熱帶魚似的塗上鮮豔的紅色，與一樣塗上鮮豔綠色的牆壁呈現完美的對比。彷彿雪地裡，竄出紅色三角形跟綠色五角形。

「對了，蘇！這就是我們在民間故事裡聽到，所謂的『童話王國』哦！一定是那樣！」

芙特邊替換底片邊這麼說。

由於那是重覆許多次的行為，我看芙特就算閉著眼睛也能迅速完成。宛如幹練的士兵，正把火藥與子彈填充進說服者裡。

芙特在那個山頂拍了一陣子的照片。

當她細心拍攝風景的時候，會在小筆記本裡記錄快門的速度與光圈值。為的是在沖洗照片的時候，留下當時是怎麼拍出這張作品的資料。

經過十分鐘盡情拍攝之後，芙特點燃放在卡車載貨台上的小火爐，把罐頭湯溫熱。而且，把冷掉的麵包整個泡在裡面，然後站著吃掉。

可能是陰天的關係，今天的氣溫沒有想像中那麼低（晴天的話，會因為放射冷卻現象，導致氣溫更低）。

儘管如此，溫熱的湯還是不斷冒出熱氣。有時候還會看不見芙特的臉。

「像這樣一面賞雪，一面吃溫熱的食物……感覺很不錯呢。」

芙特邊吃邊感慨萬千地說道。

「是啊，這是死去的那些傢伙無法體驗的事情呢。」

連我也有感而發。從我們在這個國家定居以來，我們幾乎都沒再提過那個山上發生的事情呢。

「…………」

看到芙特停止手的動作，剎那間我心想「我說錯話了嗎？」

「是啊。」

芙特用她那雙烏溜溜的大眼睛直視著我，既沒有哭也沒有笑。

「我現在做的，都是死去的人無法做的事呢。」

說完以後，她拿起掛在脖子上的相機對著我。

「蘇！笑一個！」

「留下的事物」
—*Return*—

卡嚓。

隨著微弱的快門聲，又多了一張我的照片。

不知道我笑的樣子好不好看。

結束在山頂的攝影，我們開始下山往村子出發。

一進入山谷，積雪就開始增加。小型卡車在積雪厚達二十公分的山路，以幾近人類走路的速度下山。路上沒有其他車輛。

原本我們打算就這麼從山谷進入村子，但是對那個村子來說，我跟芙特都是「外地人」。

老實說我們也不知道，村民到底願不願意讓我們進村子裡拍照。

於是，我們決定詢問第一個見到的村民，如果得到允許就留下來拍攝。如果不行，就乖乖摸著鼻子回家。若馬上打道回府的話，應該能在天還沒黑以前順利下山吧。

更何況，村子裡應該沒有旅館吧。如果要持續拍照的作業，今晚就得在車上睡覺呢。

「搞不好會惹他們生氣呢……」

在駕駛座的芙特緊張地說道。

其實我也不知道結果會是如何，總之「船到橋頭自然直」啦。

坡道終於走完了。

從四周都是針葉樹的森林裡，漸漸看到小巧玲瓏的房屋。

「好棒哦！好漂亮哦！好想再去一次哦！」

在白楊大道的住家兼相館，芙特看著自己拍的照片，激動得不斷發抖。

在桌上的燈箱上，是剛剛才沖洗出來的底片。

芙特所使用的幻燈片，只要在底片下方用光照亮，就能透過光線看拍攝的成果（與不經過沖洗出照片，就看不到拍攝成果的負片大不相同）。

灰色的雪世界與色彩繽紛的房屋共存在村子裡的模樣，全都在芙特的放大鏡裡重現。

從出發攝影旅行，至今已經過了十天。

那一天，進入村子的我們——受到那兒的老人們熱烈歡迎。

這個嘛，因為從下山的時候他們就發現到我們了。

「留下的事物」
—Return—

幾位老人在村子入口等候，村子裡則因為「有個年輕女孩單槍匹馬地跑來拍照哦！」而顯得熱鬧非凡。

村子裡淨是些老弱婦孺，看不到任何有勞動能力的男人。

也難怪會那樣，因為農林業與狩獵業在冬季進入休息期，所以男人們全在下雪前到鎮上工作了。那份現金收入，一直用來維持村裡所有人的生活。

他們居住在這些與眾不同的建築物，以及如此險峻的土地上生活。看來這個非常遼闊的國家擁有相當多樣化的區域，這個村子也是其中之一呢。

根據聽來的歷史，這一帶的山區在以前其實有更多村子的。而這個國家被統一成這個規模以前，是利用高山代替城牆。

不過創立國家會帶來許多方便，因此人們紛紛拋棄嚴苛的山林生活，村子也跟著慢慢減少了。所以這裡只剩下這些村民。

我心想，既然難得有村子至今保留其原貌，何不把它推廣成觀光景點，不過這個想法，可能得等這個國家富庶一點再說吧。

芙特終於拍到她夢寐以求的雪景，也拍下村民們的笑容。

這兒的人幾乎都說自己是有生以來頭一次拍照。所有人不斷大喊「我也要拍，我也要拍」地要求拍照，但取而代之的，是端出用村民捕獲的獸肉，或者清流釣到的魚等等數量多到吃不完的食物當作謝禮。

在村子裡遇到的老人，無論誰都對芙特說同一句話。真的是同一句。

每次聽到那句話——

「我會的！」芙特都開心地回答，然後幫村子拍照。

結果芙特在村長家住了兩晚，那段期間也一直拍照沒有中斷。

要不是帶的底片用光了（其實芙特帶了不少過來呢），我們或許還能停留更久一點呢。

就這樣，在進入村子的第三天早上。

連晴朗的晨間雪景都細心拍下來的芙特，在所有村民——老實說並不到一百個人，在他們的目送之下離開。然後再花一天半的車程平安地回到家。

送沖印店的大量底片全沖洗完成，所以今天早上就去拿回來了。

芙特一面用放大鏡看著底片，一面圈選中意的作品。

「留下的事物」
—Return—

「蘇！雖然也有失敗的作品，但還是拍到不錯的照片哦！村裡所有人也都在照片裡呢！等春天到了，我們再去那個村子吧！」

後來村子因為大雪而被封鎖，單憑小型卡車是去不了的，也沒辦法把照片送過去。僅限在緊急時刻可以運送最低限度的必要物資到村裡，連普通郵件好像都暫時無法配送呢。

所以我回答她：

「好啊，我們也非去不可呢。不過等春天的時候，大家一定會很開心的。」

在積雪變少的春天，我們將帶這次拍攝的照片到那個村子。

對我們來說，似乎又多了一項預定計劃。

不過——

故事要是到這裡就結束，當然是最好不過了。

當我們知道那個村子遭受有始以來最嚴重的雪崩襲擊，而且有二成的村民因此罹難，是在冬天就快要結束的時候。

正如當初得知積雪的情報，芙特跟我當時正在聽晨間的廣播節目。

播音員只是淡淡地報導這個事實，彷彿這不是什麼了不起的事情似的。然後過沒多久，就轉移到議會選舉的話題了。

而正準備要吃三明治的芙特……

「蘇！」

臉色大變地站起來。

「啊啊，是那個村子呢。看樣子狀況很悽慘耶。」

「我、我得趕過去！得趕過去！得趕過去！因為，因為……蘇！我必須趕去那裡！必須去那裡啊！」

「好了好了——我很了解妳在想什麼。可是，今天不可能趕去那裡的。而且明天跟後天，妳不是接了到附近的小學跟農場拍照的工作？要去那裡也得先把工作做完啊。」

「話是沒錯……話是沒錯……話是沒錯……話是沒錯……」

儘管芙特愁眉不展，也還是把工作確實完成。因此這兩天受託的工作，全都順利結束了。

不過芙特還是會趁工作空檔的時候，積極收聽廣播新聞，每天早上也會買報紙看，但是都沒有那個村子的後續報導。

畢竟這國家遼闊到讓人意想不到，在沒人知道的偏僻地方發生死了十幾個人的事故，應該不太可能被注意到吧。

那天晚上，芙特把原本要拿給村民的照片，不發一語地放進文件夾裡。

那些照片是芙特從那天大量拍攝的底片裡，費盡心思挑選出來，再沖洗成能夠放進相框擺飾的尺寸。

然後隔天一大早，我們就開著小型卡車出發了。

白楊大道的氣溫變得相當暖和，感覺春天已經距離不遠，不過我們即將前往的山區還殘留著厚厚的積雪。

一路上我不斷提醒芙特，不要因為焦急而猛踩油門狂飆。途中我們都沒有停車拍照地往北奔馳，然後，在上次投宿的旅館住一晚。

那位老闆娘還記得芙特。

在這裡，我們對雪崩的新聞又詳細了解一些。老闆娘說村子那些到外地工作的人，前天都連忙趕回來了。

與其說他們是趕回來重建村子，不如說是回來整理受害的地方。至於道路也好不容易通了。

我還以為住進旅館的芙特，可能為了明天會馬上就寢。想不到——

「我要去吃點東西！」

難得她會這麼說，然後就跨上我前往距離不遠的餐廳。而且，還很罕見地花不少錢，吃了一大堆看起來相當營養的好料。

「我吃太多了——」

芙特躺在旅館的床上，邊那麼說邊睡覺。

隔天。

「留下的事物」
—Return—

天氣出乎意料地好。

抵達山頂的我們終於看到了。

從山坡滑下的積雪覆蓋了村子，色彩繽紛的房屋殘骸，紛紛從縫隙冒了出來。那景象實在慘不忍睹。雪崩在多處發生，因此把村子的面積破壞了將近三成。

由於山坡的積雪全滑落下來，因此應該不會再有雪崩發生吧。

我們從積雪融化不少的坡道往下走，走在通往村子的道路上。

結果，村子的入口前方是一處廣場，還停了幾台車子。有看起來有些類似的小型卡車，以及附有履帶的器材搬運車輛。

因為上次來沒看到這些車輛，應該是到外地工作的男子們回來的時候搭乘的，或者是來清理殘骸的人們開的車子吧。附近則是空無一人。

芙特把小型卡車停在那裡，然後把我從載貨台放下來。

可能是男人們把雪清除掉的關係，抑或是積雪融化了，道路上完全沒有積雪。真是太感謝了，這樣我也能在道路上奔馳呢。

背著裝有底片的包包，把一台愛用的單眼相機掛在脖子上，再把底片放進防寒衣的口袋裡以後，芙特便騎著我行進。

老實說我很希望她能戴上安全帽，但攝影的時候要不斷轉動頭部，唯獨這個時候我允許她可以不戴。

當我們往前行進來到村子，沒多久就看到第一個雪崩現場。

從左側山坡崩落的積雪，把途中的樹林全都掃倒，以相當可怕的速度衝進住戶家裡。

崩落的不光是積雪，粗大的樹木因為被折斷也跟著滑下來。然後，在那附近的五戶人家全遭到破壞。原本造林是用來防止雪崩的，這樣的結果真的很諷刺。

雪崩發生至今已經五天以上，但是道路以外的積雪根本都沒除掉，仍保持寫實的災後場面。

由於我們在村子裡待了三天，哪一戶住了什麼人，我到現在都還記得。

我是不知道芙特是否還記得，不過，應該是不會忘記吧。

「…………」

芙特把我停下來，看著眼前的慘狀——然後舉起相機。

我想她大概猶豫了三秒鐘。

然後芙特——

卡嚓！

拍了一張照片。她捲動底片，再拍一張。

就這樣，當她拍下第三張的那一瞬間——

「喂！妳在做什麼！」

一名男子對她大吼。

男子大概三十歲吧，他表情嚴肅，個子高大，體格也很魁梧。

他應該是那些從工作的外地，連忙趕回來的村裡男人吧。他從某棟房子的殘骸後面現身，一面用熟練的動作把雪撥開，一面走向芙特。

可能是聽到男子的聲音吧，有五名男子像冒出來的土撥鼠似地，也從事故現場探出頭看過來。

第一個遇見的男子——姑且先稱呼他為「村男」吧？那傢伙滿臉怒氣地走向芙特。

「…………」

芙特什麼話也沒說，她從我身上下來以後，用腳架把我立起來。

然後，等待那名村男……以及從後面趕來的其他男子走到自己面前。

「妳不是這村子的人吧，妳是誰？」

村男低頭看著芙特說道。至於其他男子，則是在後面你一言我一語地小聲討論「你認識她嗎？」「不認識」。

「我的名字叫芙特，住在中央。之前曾來這個村子拍照。」

芙特毫不畏懼地往前走一步，語氣堅定地對比自己高兩個頭的男子這麼說。

「這是我的伙伴蘇。」

你好。

「所以呢？那台摩托車叫什麼名字跟我無關。」

喂喂喂，什麼叫「跟我無關」？我心裡雖然這麼想，但是沒說出口。我還沒那麼白目。眼前先讓芙特跟他們解釋，而且感覺還挺有趣呢。

「我想說的是，妳為什麼在這裡拍照！妳剛剛在拍照對吧？」

「是的，我的確在拍照。」

「妳覺得很有趣嗎？妳覺得把我故鄉變成這副慘狀的模樣拍下來很有趣嗎？啊啊！」

男子放聲大吼。

「我不覺得有趣。可是，我認為有必要拍，所以就拍下來了。」

啊哈哈。芙特講得還真斬釘截鐵呢。

雖然從我的位置看不到芙特的表情，但是卻能清楚看到村男臉上因為小女生回嘴而氣到震怒的表情。

「妳……妳這傢伙！什麼叫『有必要』？已經死了很多人耶！那些雪堆下方，還埋了好幾個人的屍體呢！大家因為家人去世，村子也被毀得亂七八糟的，都不知道接下來該如何是好，妳居然說什麼有必要！」

其實也不難理解村男會這麼生氣。以人類來說，算是毫無掩飾的情緒吧。不過，我並不是人類，會了解也是基於所謂的知識。

然後芙特立刻回答他。

「是『村子的照片』。之前我來這個村子的時候，老爺爺、老奶奶們曾交待過我，『要幫村子留下記錄』。他們不斷不斷地這麼告訴我！」

一點也沒錯。

當我們停留在村子的那三天，不斷聽到的，就是那句話。

在這個不曾有人拍過照的村子，過去的風景除了留存在記憶中以外，其他全都消失不見了。

但就算是記憶，也無法永遠留存。當記得的人死去，記憶也會跟著死去。

深深了解那種痛苦的老人們，拜託芙特替村子留下詳細的記錄。請她幫忙把村子現在的樣子，永遠留存下來。

正因為如此，芙特才會拚命拍照。她不斷拍不斷拍，拚命地拍照。

把村子美麗的模樣，完整地收藏在底片裡。

而且，正因為這麼做——

當她得知村子遭到破壞的時候，除了非常擔心村民的安危，同時也想到必須把那個模樣留下來不可。

抱持那種想法的芙特大喊：

「就算遭到破壞！那也是村子的記錄！是必須流傳給後世了解的一瞬間！就算是悲傷的記憶，也必須把它留下來！」

「留下的事物」
—Return—

「…………」

面對比自己魁梧好幾倍的男子，芙特毫無畏懼的樣子。

「然後，當村子在大家的努力下重建的時候，那將成為珍貴的歷史證據！所以，我現在不拍，你認為有誰會拍呢！」

伴隨著這一聲大喝，芙特放下背後的包包，馬上從裡面拿出厚厚的文件夾。

然後，直接遞給村男。

「做……做什麼？」

芙特沒有回答，只是把文件夾遞給他。雖然從我這個位置看不到，但她的表情鐵定相當嚴肅。

村男心不甘情不願地接下那個文件夾，脫下濕掉的皮手套之後，打開厚紙板製的文件夾。然後，看到放在裡面的照片。

「啊……」

村男的嘆息聲，讓站在他後面的男子們也湊上來看，然後跟他一樣都沒說話。

也難怪他們會有那種反應。

放在那裡面的，是村子之前的模樣。

是他們記憶中那個，一直等待他們回家的美麗故鄉。

不斷把看過的照片往後放的村男，手微微地顫抖。然後他的手，在某張照片停了下來。

村男瞪大眼睛，站在後面的那些男子也紛紛嘆息。

那是拍了什麼的照片呢？這個嘛，我想我大概知道。

不一會兒——

「老、老媽……不會吧……是老媽的照片……」

村男喃喃說出正確答案。

「真教人無法相信……老媽在笑……還有我家……」

這男子的家被雪崩吞噬了。然後，待在裡面的母親不幸罹難了。

想必這個男子，認為自己再也沒機會看到母親的笑容吧。

但是，他錯了。

他嚴肅的表情扭曲，雙眼流下眼淚。儘管如此，村男仍一直盯著照片看。而他後面那些男子，

也露出微妙的表情，跟伙伴看那些照片。

然後芙特，稍微往旁邊退後幾步，再迅速拿起相機，把他們的模樣拍下來。

她還是一樣很大膽呢。

男子們聽到清脆的快門聲而回過神來，然後看著芙特。不過，他們並沒有罵她也沒有吼她。

「接下來，我仍舊會來這個村子。在村子恢復原狀以前，我會持續拍照留存記錄。」

芙特對著淚流滿面的村男如此說道：

「所以——我會等待村子恢復原狀的那天到來。」

芙特（跟我）與村裡的老人們重逢。

芙特一面致哀，一面把照片交給那些喜極而泣的老人們，結果害他們哭得更厲害。

那些是他們死去的家人與朋友的照片，其中還包括了請他們飽嚐美味料理的村長太太。

由於男子們又繼續進行重建作業，芙特也繼續她的拍攝。

現在，已經沒有人再去責怪芙特了，他們只是拚命地進行作業。儘管他們渾身是汗，芙特還是為他們拍了好幾張照片。

只靠村裡的男人用人力進行的重建工作，實在沒什麼進展。後來花了大約兩個小時，才回收一具遺體。

照這個速度，到底要花多久的時間才能重建完畢。而且目前寄住在其他沒受損房屋的人們，應該也無法這樣生活太久吧。

然後我對芙特說：

「喂，今天就到此為止。我們回中央吧。」

「咦？現在回去？我記得蘇你不是說過，不要長時間開車嗎？」

「可是狀況改變了啊。現在馬上離開這裡的話，我們可以在天色變暗以前下山。到了平地小睡一會兒，然後再繼續行進。隔天早上應該就回得去吧。」

「要回去是可以啦，可是……然後呢？」

我回答了滿臉驚訝的芙特提出的疑問。

『美麗的村落遭到襲擊的慘劇距今已經十五天。當地接受全民的善意，重建指日可待。』

「留下的事物」
—Return—

出現了這樣的標題。

然後，還有關於村子目前狀況的詳細報導。

報導提到，國家將派人支援村子的重建工作。

士兵已經派到現場，幫忙去除雪崩的積雪。而全體國民也不斷發起捐款。

那是芙特手上的報紙。

她目前還在學習識字，所以就由我代為唸報紙上的報導。

桌上陳列著幾天份的報紙，日期最近的那份報紙，上面刊登了幾張大大的照片。

當然，那是芙特拍的照片。

有被雪崩嚴重破壞的房屋照片、避難中的老人與小孩的照片、包裹著毛毯的遺體照片，以及原本很美麗的村子的照片。

還有——標記著「看到死去母親的照片，淚流滿面的男子」的照片。

因為印刷的關係，每一張照片都變成黑白的。儘管如此，仍不減照片要傳達的意思。

那一天，我要芙特把照片拿到報社。

那是過去我們從來不曾做過的行動。再加上芙特又不是記者，她本身也沒興趣到處追著事件或意外跑。

不過，還是要視情況而定，唯獨這次的情況不同。

芙特贊成我的提議，於是熬夜拚命開車，一大早回到了中央。結果，就是隔天刊登在報紙上的這些照片。

這場災難在全國廣為傳開，大家也紛紛伸出援手。

眾人集合捐款，國家也跟著動了起來。

不過，因為選舉快到的關係，也難怪政治人物會如此努力想要有好的表現給國民看。

「蘇。」

芙特一面把報紙放在桌上一面說話。

「下一次，什麼時候去？」

雖然她把話省略得很簡短，但指的當然是那個村子。

因為替那個村子的重建過程作記錄，已經成了芙特的攝影主題。春夏秋冬，每個季節她都想過

去攝影吧。

「說得也是呢。如果是四天以上沒工作的時候，隨時都可以去吧？」

我沒有經過深思熟慮就回答她。

「對了，蘇。為了去那個村子而減少工作量，會不會不太好啊……？」

聽到芙特這麼謹慎地詢問，我倒是相當訝異。

「不會不會！一點問題都沒有吧！」

更何況，芙特根本就沒義務得工作。她已經存了不少錢。因此，她今年一整年大可以在那個村子盡情拍攝。

「可是——如果有人委託我照相，我希望盡可能接下來耶。」

「但我從以前就一直告訴過妳，就算想接工作，妳也沒必要接需要耗兩人份體力的工作吧？」

「嗯。」

「既然這樣，就沒必要接需要『去那個村子攝影的自己』與『在這裡工作的自己』這兩個人的工作哦，」

「嗯？」

「總之——就是叫妳活在世上，要稍微懂得享受人生啦。」

我努力用輕鬆的語氣告訴芙特，要她別再好強，做事情不要努力過頭。不過——
「說得也是，我會努力做到的。」
她似乎還是沒聽懂我的意思。

「留下的事物」
—Return—

後記

—Preface—

「哇~命中了!命中了!」

我那個時候非常感動。

白色圓盤在我面前「砰」地破裂。

碎裂的圓盤如粉雪般散落。

我想大家應該都知道，我目前正在泥鴿射擊場。

沒錯。

我是時雨沢惠一，今年四十歲，而且還合法擁有槍枝，政府也發給我槍枝許可證。

今年三月起，為了證明我不曾被警察逮捕，或者到精神病院看過診，也沒有破產，不時跑行政機關或附近的槍枝販賣店收集過許多文件。

編輯部修改：文章以台詞起頭非常好。

編輯部修改：我認為應該有壓倒性的讀者並不知道哦？

編輯部修改：請統一文體。

編輯部修改：這種事情還是不要自己寫出來吧。

於是我正用如此千辛萬苦到手的散彈槍，不斷射擊圓盤。

「圓盤」跟「不斷」還真押韻，我個人覺得很有趣。

我的槍法還不是很純熟。

每當我沒打中泥鴿得支付五千圓的時候，就覺得這時候的我還真是有錢人。

可是，我希望磨鍊我的槍法，未來有一天能參加國民體育大會，甚至是奧運匹克。

當我拿到金牌的時候，該發表什麼感言呢？我從現在就好興奮哦，而且緊張到無法專心工作。

為什麼，我又會這樣？過去的我，一直認為：「自己都在國外玩槍，日本的話就算了」，但是，若要說我的心境，會有這麼大的轉變，我想那個理由，應該是，去年發生的那件，非常嚴重的事情吧。

編輯部修改：統一文體。還有，引用「1996暴○衝○隊」的梗，我認為對年輕人不太適用哦？

編輯部修改：是奧運，或是奧林匹克運動會。

編輯部修改：請專心工作。應該說，給我專心工作。還有，你聽說過「蛋未孵出，勿數雞雛」這句俗諺嗎？

編輯部修改：這一句太長了。

大家好。
我是黑星紅白。
奇諾の旅終於出版到第XVI集。
羅馬數字很難看懂吧……
猛一看會反應不出是第幾集。
尤其是IV跟VI，
究竟哪個是哪個根本就分辨不出來。
因此，我決定下一集開始要在封面某處加上阿拉伯數字。
下一集開始記得要找找看哦。
不過我總覺得自己似乎會忘記加上去……
如果大家怎麼找都找不到的話，
還請見諒呢。

那麼我們下一集見囉。

國家圖書館出版品預行編目資料

奇諾の旅 : the beautiful world / 時雨沢恵一作
; 莊湘萍譯. -- 初版. -- 臺北市 : 臺灣國際角川,
2013.04-
冊 ; 公分. -- (Kadokawa fantastic novels)
譯自 : キノの旅 : the Beautiful World
ISBN 978-986-325-309-9(第16冊 : 平裝)

861.57 102002588

Kadokawa Fantastic Novels

奇諾の旅 XVI
－the Beautiful World－

（原著名：キノの旅XVI－the Beautiful World－）

2013年7月27日　初版第1刷發行
2021年10月29日　初版第3刷發行

作　者：時雨沢惠一
插　畫：黑星紅白
日版設計：鎌部善彦
譯　者：莊湘萍

發行人：岩崎剛人
總編輯：蔡佩芬
編　輯：黎夢萍
美術設計：宋芳茹
印　務：李明修（主任）、張加恩（主任）、張凱棋

發行所：台灣角川股份有限公司
地　址：104台北市中山區松江路223號3樓
電　話：（02）2515-3000
傳　真：（02）2515-0033
網　址：www.kadokawa.com.tw
劃撥帳戶：台灣角川股份有限公司
劃撥帳號：19487412
法律顧問：有澤法律事務所
製　版：巨茂科技印刷有限公司
ISBN：978-986-325-309-9

※版權所有，未經許可，不許轉載。
※本書如有破損、裝訂錯誤，請持購買憑證回原購買處或連同憑證寄回出版社更換。

KINO'S TRAVELS XVI the Beautiful World
©Keiichi Sigsawa 2012
Edited by 電撃文庫
First published in Japan in 2012 by KADOKAWA CORPORATION, Tokyo.
Complex Chinese translation rights arranged with KADOKAWA CORPORATION, Tokyo.

去超商買完東西回來的筆者
（為了環保就沒拿購物塑膠袋）

時雨沢惠一

這篇介紹文是筆者（時雨沢）所寫的，但這之前寫的，卻被責編說「太普通」而打回票。不僅是「後記」，連這一篇文都被打槍？我真的被搞得霧煞煞了，這是誰害的呢？這全都是我害的，絕對沒錯。

【Kadokawa Fantastic Novels】
奇諾の旅Ⅰ～XⅥ
學園奇諾1～5
艾莉森Ⅰ～Ⅲ〈下〉
莉莉亞&特雷茲Ⅰ～Ⅵ

插畫：黑星紅白

因為想不出該怎麼寫小檔案而跑去看維基百科，發現自己變成運動外套狂。雖然我很喜歡運動外套，但不管女生穿上制服、校園泳裝，或者穿得多、穿得清涼，我都很喜歡哦！

9789863253099

台灣角川
定價：NT$180/HK$50
譯者：莊湘萍

Sword Art Online
刀劍神域外傳
Gun Gale Online 4
—3rd特攻強襲 背叛者的選擇（上）—
時雨沢惠一
插畫／黑星紅白
原案・監修／川原 礫
Sword Art Online Alternative
Gun Gale Online 4
3rd Squad Jam
Betrayers' Choice
SWORD ART ONLINE
Kadokawa Fantastic Novels

Sword Art Online刀劍神域外傳 Gun Gale Online 4

—3rd特攻強襲 背叛者的選擇（上）—

賭上Pitohui現實世界生死的第二屆Squad Jam之後又過了大約三個月。蓮、Pitohui、不可次郎、M組成的最強隊伍「LPFM」挑戰突然決定舉行的第三屆大會！

被認為是最有機會獲得優勝的他們，即將面臨「隨著時間經過沉入海裡的戰場」、「潛伏在地圖中央的『UNKNOWN』區域」、「無名小隊聯手」這種嚴酷的狀況！

——而到了大會中段，突然對所有參賽者宣布的特別規則是？

時雨沢惠一＆黑星紅白所呈現的「另一個Sword Art Online刀劍神域」再次起動！

Sword Art Online 刀劍神域外傳

Gun Gale Online

4

—3rd特攻強襲 背叛者的選擇（上）—

Sword Art Online Alternative
Gun Gale Online 4
3rd Squad Jam Betrayers' Choice

時雨沢惠一
KEIICHI SIGSAWA

插畫／黑星紅白
KOUHAKU KUROBOSHI

原案・監修／川原 礫
REKI KAWAHARA

Kadokawa Fantastic Novels

CONTENTS

3rd S

Miyu Shinohara
Karen Ko